トカゲ（本当は神竜）を召喚した聖獣使い、竜の背中で開拓ライフ4

～無能と言われ追放されたので、空の上に建国します～

著 水都 蓮
Minato Ren

イラスト：saraki

登場人物紹介
ソフィア
イースを導く予言の神子（みこ）。
未来予知ができるなど、
謎が多い。
ライル
エルディア聖教国の司教。
本業は人知れず魔族と戦う
祓魔騎士（ふつまきし）。
レヴィン
トカゲを召喚し、エルウィン王国を
追放された聖獣使い（ホーリーテイマー）。
ひょんなことから竜の背で
国を興すことになる。
エルフィ
人と竜、二つの姿を持つ
神竜の女の子。
キュートな見た目で、
けっこう大食い。

エリス
竜大陸で暮らす暗黒騎士（ダークナイト）。
実は甘えたがりな、
明るい少女。
アリア
レヴィンの幼馴染の神聖騎士（セイクリッドナイト）。
大人しい性格だが、芯が強い。
しゅがー
雪を食べる羊の魔獣。
とにかく呑気。
レヴィンの仲間たち
ゼクス
スピカ
リントヴルム
星蘭
ユーリ
エリーゼ

第一章

女神から聖獣の卵を授かり、生涯の相棒として【契約】できる特別な職業――《聖獣使い》。

それこそが俺――レヴィン・エクエスに与えられた【S級天職】だ。

聖獣と心を通わせることができるこの力があれば、将来は安泰。国の要職にだって就けるし、貧乏な故郷、エクエス領の経営の立て直しも可能なはず！

そう思って、同じくS級天職の《神聖騎士》を授かった幼馴染のアリアと共に故郷を旅立ち、宮仕えを始めたのだが……現実はそう甘くなかった。

俺は【聖獣降臨の儀】で小さなトカゲを喚び出してしまい、国王によって祖国、エルウィン王国を追放されてしまったのである。

途方に暮れる俺を救ったのは、召喚したトカゲ――エルフィだった。彼女はなんと、伝説の聖獣である神竜族のお姫様だったのだ。

俺は彼女の紹介で巨大な大陸を背負う神竜、【大陸竜】ことリントヴルムと知り合った。そして彼とも契約し、その背中に拠点を構えることになる。

神竜の二人には、「寂れてしまった竜大陸を再興し、各地に散らばっているであろう同族を見つけたい」という願いがあった。

俺はその望みを叶えるべく、神竜文明の古代技術が眠るこの地を開拓していくことに。

竜大陸に移住してから早数ヶ月……開拓ライフは順調だ。

幼馴染であるアリアはもちろん、隣国クローニアで過酷な戦いを強いられていた《暗黒騎士》の少女――エリスや、俺の家族をはじめとするルミール村の人々を住民に迎え、竜の背はどんどん発展している。

ここで暮らす人々の中には、かつて俺と敵対した者もいる。

猩々と呼ばれる幻獣との出会いによって改心した、《猩獣使い》のアーガスに、悪政を敷き、失脚したエルウィンの元国王のドルカス。母親と共に魔族の実験台にされ、やむを得ず竜大陸を襲撃してきた第三の神竜、スピカ……竜の背では、いろいろな事情を抱えた人間に加えて、魔獣や幻獣、聖獣たちが生きている。

ちなみに、俺が仕えていた頃は悪評が絶えなかったドルカスだが、最近では労働の喜びに目覚め、毎日のように畑を耕しているそうだ。過去の自分の行いを後悔していると聞くから、人とは変わるものである。

さて、近頃の俺はというと、セキレイ皇国を苦しめていた【覇王】の残滓との戦いの後始末に奔走している。

今から三ヶ月ほど前のこと。俺は地上にあるセキレイ皇国を訪れた。魔族の毒に倒れたスピカの母、アイシャさんとクローニアのカール国王を救う手掛かりが、セキレイにあると聞いたからだ。

俺はエルフィ、アリア、エリス、スピカと共に嵐の壁を越え、彼の地へ乗り込んだ。

セキレイは人と鬼人、そして不思議な幻獣――妖怪が暮らす、神秘の国だった。

毒の手掛かりを探す過程で鬼人族の王であるカエデさんと知り合った俺は、この地に住む人々が謎の呪いに悩まされていることを知る。そして、その解決を手伝うことになったのだ。

俺はカエデさんやセキレイの指導者である星王の星蘭さん、謎めいた双子の白星と黒星といったセキレイの人々と共に、呪いの元凶――覇王の残滓に立ち向かった。

覇王の残滓との戦いは厳しく、一時は生死の境を彷徨った俺とアリアだが……エルフィと同じ名を持つ彼女の母――エルフィさんの助力もあり、なんとか回復。

仲間と一緒に覇王の残滓を倒すのであった。

こうして呪いから解放されたセキレイ。実は地上ではなく、俺たちが暮らす竜大陸と同じく、神竜の背の上に興されたこの国のため、俺は《聖獣使い》として、復興に力を貸しているのである。

覇王の残滓を倒したことで、セキレイの民を蝕んでいた呪いは消え去った。

しかし、この地にはまだ課題があった。

長きにわたる呪いの影響で、大地が汚染されてしまっていたのである。

特に、セキレイの北に位置する赤煉ケ原は酷いものだった。美しい自然を取り戻せたのは極一部で、瘴気が噴き出したり、血のように赤いマグマが流れていたりと、覇王の残滓の影響が色濃く残る。呪いは少しずつ祓われているものの、その速度は非常に遅い。

セキレイが誇る研究機関によると、このペースでは大地が完全に浄化されるまでに、少なくともあと百年はかかるだろうとの見立てだ。

この問題をどうにかすべく、俺は竜大陸……リントヴルムの背中にある【神樹】を活用することにした。

◆　◆　◆

都市の中央にある神樹の根元。

ここに星王の星蘭さんをはじめ、祖国エルウィンの王位を継いだゼクスや、療養中の父の名代としてクローニアを率いる王女のエリーゼといった、俺が今まで交流を持った各国のトップが勢揃いしていた。

ゼクスが天高くそびえる神樹を見上げて言う。

「なんとも不思議な話だな。セキレイに存在する大木も、ここの神樹と同種のものなんだろう？」

神樹には竜大陸の気温や天候を調整する力に加え、都市の開拓を進めるための特殊な機能がある。

セキレイは太陰黎帝と呼ばれる神竜……大陸竜の背中にできた国だ。だから彼の国にも【竜樹】という名の神樹が存在した。

「ええ。レヴィンさんから話を聞いて、こちらも調べてみたんですが……神樹は大陸竜の背での暮らしを円滑にするために作られた、神竜文明最大の発明のようです。様々な特殊技術が盛り込まれているみたいなんですが――」

星蘭さん曰く、赤煉ヶ原付近の遺跡から、神竜文明に関する資料がいくつか見つかったそうだ。それらの資料によると、この木は自然に生み出されたものではなく、神竜の叡智を詰め込んだ人工物であるらしい。

今日まで、俺は神樹由来の都市管理機能を駆使して開拓を進めてきた。

建物や家具、【魔力】によって動く魔導具を自在に設計したり、開発したりできる【仮想工房】や、地上にあったルミール村をまるっと竜の背に運んだ【移住】……神竜文明の技術力が、とんでもなく高いことは分かっている。こうした力が神竜の知恵の結晶だと言われれば、まあ、納得できる話だ。

「――ということで、レヴィンさん。早速、実験を始めましょう」

星蘭さんが本題を切り出した。

実は神樹同士をリンクさせると、その能力や貯蔵している魔力を共有できるそうなのだ。

竜樹の管理権限はカエデさんと星蘭さんに全て譲っているので、俺の独断で実験を行うわけにはいかない。

今回は、実際に神樹と竜樹の同期を試すため、星蘭さんに竜大陸へ来てもらった……という次第だ。

事情を説明すると、エリーゼが首を傾げる。

「えっと……どうしてそんな重要な場面に、わたくしとゼクス陛下が呼ばれたのでしょうか？」

セキレイの王である星蘭さんが同席しているからか、エリーゼは畏まった口調だ。

エルウィンとクローニア、そして竜大陸では、神竜文明の古代技術を解析し、地上でも平和的にその力を利用すべく共同研究を行っている。今日のゼクスとエリーゼは、この取り組みを視察するため、リントヴルムの背を訪れていた。

視察が終わったところを捕まえてここまで連れてきたので、まだ最大の目的を伝えられていなかった。

星蘭さんが補足を入れる。

「長らく覇王の残滓を封じていたことで、我がセキレイの神樹……竜樹は機能不全に陥っています。今回のリンクを通じ、竜樹にかつての性能を取り戻させたいのです。この実験にはもう一つ目的がありまして……実は、竜樹には竜大陸の神樹にはない機能が備わっているみたいなのです。それも、動植物の解析や調薬を得意とするものが」

その言葉で、エリーゼは自分が呼ばれた理由を察したようだ。

「もしかして……」

「エリーゼの父上、カール国王と、スピカの母上――アイシャさんの治療に役立つかもしれないんだ。二人とも目は覚ましたけど、後遺症が酷いだろ？　まだろくに起き上がれないようだし……だから、竜樹の力で何かできないかなって」

カール国王たちの身体を蝕んでいた毒は、覇王の残滓の影響で変異したと思しき赤く発光する花に由来する。

その花を採取し、猩々の中でも治療術に長けたカトリーヌさんに依頼して、解毒剤を作ってもらったのだが……二人の体調を完全に回復させるには至っていない。

カトリーヌさんによると、もともとその赤い花には神竜族を昏睡させるほどの毒性はなく、それよりも残滓がもたらす呪いの影響が深刻だという。

引き続き彼女が毒について研究してくれているものの、進捗は芳しくない。せめて成分が特定できれば、二人の身体を癒やすためのアプローチが分かるはずだ。

竜樹にあるという機能が、役に立てばいいのだけど。

「お恥ずかしながら、セキレイの大地は覇王の呪いで汚染されています。それが邪魔をしているのか、竜樹は魔力をうまく貯蔵できずにいるのです。そこで、レヴィンさんの力を借りて二つの神樹を結びつけ、より性能を高めたいと思いまして」

リンクが成功すれば、こちらとしては神樹にはない新機能が使えるようになる。

貯蔵魔力が乏しいセキレイにこっちの魔力を融通できるだろうし、お互いにメリットがある話だ。

「それではレヴィンさん、手を」

俺と星蘭さんは片方の手のひらを神樹に向かって突き出した。

神樹の管理者である俺と、竜樹を任された星蘭さん。双方の同意があれば、リンクできるそうなのだが……

しばらくすると、魔獣を【契約】した時に生じるような青い光が、俺と星蘭さんの腕を結んだ。

――リントヴルムと太陰黎帝のリンクが完了いたしました。新たなコマンド【竜医局】の使用が可能になりました。

懐（ふところ）にしまっていた都市管理用の魔導具からアナウンスが流れ、それと同時に光が消え去る。

「これでいいのでしょうか？」

「多分……？」

星蘭さんに聞かれたが、何せ初めての試みなのでよく分からない。

「試しに、件（くだん）の変異した花を調べてみましょう」

星蘭さんが袋に入った花びらを取り出した。そして、解析を試みる。

花びらが袋ごと青い光に包まれ、ふわりと宙（ちゅう）に浮いた。

――【竜医局】を起動。毒素の解析を開始いたします。

神樹にはなかったコマンドが動き出す。リンク自体はひとまず成功したのか。

しばらく待っていると、突然、光が赤色に切り替わった。

――エラー。データベースが破損しています。ただちに復旧してください。

「どうやら失敗のようですね……『でーたべーす』というのはなんのことでしょうか」

星蘭さんが首を傾げているが、俺も同じ気持ちだ。

これまでも未知の技術を用いたコマンドを使ってきたが、それらは直感的に操作できていた。そのため、詳しい原理を知らなくてもどうにかなっていた。それができないとなると……俺たちにはどうしようもない。

「さすがに古代の魔導具となると手に負えんな。ここは、魔導具技術に詳しい者に任せるしかあるまい」

ゼクスがエリーゼの肩をぽんと叩く。

彼女は大の魔導具好きで、その手の技術を研究している。

神竜文明の産物である以上、簡単には解析できないだろうが……少なくとも素人（しろうと）の俺たちが頭を悩ませるより、ずっと頼れるはずだ。

「うーん、わたくしにできるでしょうか……とりあえず調べてみますね」

かくして、【竜医局】がエラーを起こした原因の調査はエリーゼに託（たく）されたのだった。

◆　◆　◆

神樹と竜樹をリンクしてから数日が経った頃、エラーの原因はあっさりと解決した。

神樹の前に呼び出された俺を待っていたのは、エリーゼとカトリーヌさんだ。

「答えは実に簡単だったよ、レヴィンくん。新機能には情報が足りなかったみたい」

「情報が足りない……？　どういうことだ？」

数日前と違って素の口調で語るエリーゼに、俺は尋ねた。

するとカトリーヌさんが口を開く。

「掻い摘まんで説明しますね。古くから研究者の間では、物質は極めて微小な粒――粒子で構成されているのではないかと考えられてきました。水一つとっても、そこには肉眼では捉えられないほどの小さな小さな粒が集まっています。毒についても同様です」

ふむ。さっぱり分からない。

カトリーヌさんが言っていることが本当なら、俺も粒子とやらでできているのか？

エルフィもアリアもエリスも、みんなブツブツ？　想像するとちょっと怖い。

「古代の神竜たちは粒子の性質や形状などを解き明かし、神樹に情報を記録――データベース化していたようなのです。ただ今は記憶領域の一部が破損しているらしく……結果として分析に失敗し、エラーを起こしたみたいです」

「つまり、神竜たちの研究成果がなくなったから【竜医局】がうまく使えないってことか？」

「その通りです！　さすがはレヴィンさん、理解が早いですね」

正直ほとんど話についていけてないが、そう褒められると悪い気はしない。

そういえば、【仮想工房】で豪邸が作れるようになったのは、猩々一の建築家――アントニオが設計図を作ってくれてからだ。それまでは極めてシンプルな作りの建物しか建てられなかった。

【竜医局】もそれと同じで、万全の力を発揮するためには専門知識がいるんだろう。

「という訳で、私は夫と共に、データベースに欠けた情報を入力してみようと思います。私が収集した資料だけでは不十分なので、何か策を考えないと……」

カトリーヌさんは早くもやる気で、何やらブツブツと呟(つぶや)きながら考え込んでいる。

「俺も情報の入力を手伝う……いや、難しいか……」

俺とカトリーヌさんとでは、治療術や植物の生育に関する知識に差がありすぎる。

一応は神樹を管理している立場にありながら助けになれないのが心苦しいが、データベースの復旧に関しては役に立てなさそうだ。引き続き、その道のエキスパートに任せるのが一番だろう。

美味(おい)しいご飯を作って差し入れたり、カトリーヌさんとその夫であるアーガスが集中できる環境を整えたり……サポート役に徹(てつ)しよう。

俺はエリーゼとカトリーヌさんに礼を言い、データベースの復旧を待つことにした。

◆　◆　◆

そして、あっという間に一ヶ月が経った。俺はカトリーヌさんとアーガスに頼まれるがままに資料を調達したり、食事を差し入れたりとサポートを続けていた。

どうやら欠けてしまった情報はかなり多いらしく、一ヶ月が経った今でも入力作業は終わっていない。

そんなある日のこと。

「レヴィン殿、少しよろしいでしょうか？」

自宅でカトリーヌさんへの差し入れを用意していると、不意に背後から声を掛けられた。

渋い声と神出鬼没な現れ方。さては……

俺が振り向くと、案の定、人間の姿をしたリントヴルムが立っていた。

「どうしたの？　……あ。もしかして、竜大陸が広がったとか？」

前に竜大陸に海ができた時、確かリントヴルムは人間の姿で報告に来てくれたんだった。

「ご明察です。市場を訪れる観光客が増えたおかげで、私の魔力がさらに回復しました。北部に、新しく寒冷地エリアが解放されたのです」

「寒冷地……ってことは、雪が降っているんじゃないか!?」

俺の質問に、リントヴルムは頷いた。

雪なんてほとんど見たことがないぞ。少し胸が躍る。

「金属資源が豊富で、珍しい魔獣も多いエリアです。ただ、一つ問題が……」

「問題？」

「どうも妙なことになっていまして。レヴィン殿のお力添えで、解決していただきたいのです」

◆　◆　◆

数日後。俺とエルフィ、アリア、エリスはリントヴルムの頼みで、新たに拡張された北の寒冷地エリアに来ていた。

リントヴルムに聞いた話では、そこはしんしんと雪が降り積もる秘境(ひきょう)……のはずだった。

「ママ!!　見て!!　雪だよ、雪!!」

エルフィが勢いよく雪にダイブする。

確かに、噂通(うわさどお)りの銀世界ではある。あるのだが……そこは、吹雪(ふぶき)が吹きすさぶ極寒(ごっかん)の地と化していた。

今まで雪を見る機会がなかったので、感動的な光景だ。しかし、その感動が消し飛ぶほどに寒かった。リントヴルムが言った「妙なこと」とは、この異常気象のことだった。

「ど、どうして、エルフィはあんなに元気なのかな？」

アリアが不思議そうに首を傾げた。

ここを訪れるにあたって、俺たちはしっかり防寒具を身に着けてきた。それでもわずかな服の隙間(すきま)から容赦(ようしゃ)なく寒風(かんぷう)が襲(おそ)ってきて、全身が冷(ひ)えていく。

俺たちが震えているというのに……エルフィだけは積もった雪に飛び込んだり、ごろごろと転がったりして、この寒さをものともせずに遊んでいた。

「昨日、スピカさんが寒冷地エリアの下調べをしてくれましたが……都市に帰ってきた時、かなり凍(こご)えてましたよね。神竜族でも個体差があるのでしょうか？」

エリスの言う通り、俺たちより一足早くスピカが寒冷地エリアを訪れ、下見していた。

だが防寒着を纏(まと)っていても、スピカはこの寒さに耐(た)えられなかったようなのだ。今日からの探索

に同行させるのも可哀想なくらいの震えようだったので、彼女には都市で留守番をしてもらっている。

一方、同じ神竜であるエルフィはご覧の通りのはしゃぎっぷりだ。寒さへの耐性が真逆のようだけど、どうしてだろう。

「理由が分かったかも!!　ヒントは、エルフィとスピカが竜になった時の姿だよ」

アリアが興奮したように手を叩いた。

竜になった時の姿……？

「エルフィちゃんはモフモフした羽毛がある可愛らしい白竜ですよね。スピカさんはエルフィちゃんよりも身体が大きくて、赤い鱗だらけのワイバーンのような見た目でしたが……」

「もしかして、そういうことか？」

エルフィはトカゲのような姿で生まれた。

一般的にトカゲは変温動物……外の気温に合わせて体内温度が変化する生き物だ。しっかりした体温調節機能がないため、外気の影響を受けやすい。

そのため、冬は寒さで動けなくなるものもいる。

てっきり、神竜の生態はトカゲに近いものだと思っていたが……

「確かに、竜になったエルフィはモフッとしてて、羽毛も持ってるんだよなあ。もしかしたら爬虫類というより、恒温動物である鳥類に近いのかもしれない」

神竜の生態には謎が多いから、確かなことは言えないが。

「それにしても、ここを探索するなんて本当に大丈夫かな……遭難しないかな？」

アリアは不安げだ。

吹雪の勢いは凄まじく、一寸先も見えない。

俺たちがここを訪れた理由は、まさにこの猛吹雪にある。

リントヴルムによると、かつての寒冷地エリアはたまに吹雪く日があったものの、今のような暴風雪が何日も続くことはなかったという。

それもそのはず、竜大陸の気候は中央にある神樹によって制御されている。

このエリアも、本来なら積雪量が適度に調整されているはずなのだ。

「神樹の制御を外れた異常気象の原因探しですか。確かに、雪も風もかなり強いですね。雪道に慣れていない私たちがここを進んだら、一瞬で迷ってしまいそうです」

「ああ。だけど、俺たちには神樹の加護があるからな」

幸い、ここは神樹由来の都市管理機能が利用できる竜大陸だ。

雪の中の旅は素人だが、迷った時はいつでも【仮想工房】の力で家を建て、そこに避難できる。

いざとなれば、【トランスポートゲート】――転移門を設置して都市まで戻れるし。

リントヴルムの背中だからこそできる探索方法だ。

「とはいえ油断は禁物だ。リントヴルムも言っていたが、この天気は異常だ。はぐれないように気を付けつつ、調査していこう」

こうして、寒冷地エリアの探索が始まった。

「おっと。ここの地面は氷が張ってるみたいだ。もしかしたら湖かも……」

雪をかいては遠くへ放り捨てる。進んでいくと、凍りついた湖面に出た。

湖の結氷は珍しい。少なくとも俺は初めて見る。

「あまり上を通らないように気を付けよう。氷が薄いところだと、急に割れて湖に落ちるかもしれない」

「あれ？　待って、レヴィン。あそこは雪が積もってない」

確かに湖岸の一部だけ、きれいに雪が払われている。どうやら湖の中央に向かって続いているみたいだ。

「なんだか不自然な感じだ。誰かが俺たちみたいに雪かきをしてたのかな」

「でも、誰が……ここは立ち入り禁止のはずですよね？」

エリスが首を傾げるのも無理はない。

寒冷地エリアができたのは、数日前のことだ。こうして気候が乱れていることが判明したので、都市の住民を含む部外者の立ち入りを禁じている。

たくさんの観光客が市場や海エリアのリゾート地に出入りしている竜大陸だから、全員に周知できているかは怪しいが……そもそも、市街地からここまでかなり距離がある。俺たちはエルフィに運んでもらったが、一般人が来るのは難しいだろう。

「あ。見て、ママ！　熊さん！」

「熊さん？」

声を弾ませながらエルフィが指を差す。

彼女が示す先には、確かに真っ白な熊がいる……いるのだが。

「デカすぎないか……？」

俺の身長の三倍はあろうかという白熊が、二本の足で立っていた。

頭にはまるでヘラジカのような立派な角が生えており、毛並みは見たことがないほど美しい純白だ。

陽の光が当たれば、きっとキラキラと神々しく光ることだろう。

「ここに住んでる魔獣かな？　只者じゃなさそう」

アリアの言う通りだ。大きさもさることながら、立ち居振る舞いからは、どこか優雅な雰囲気を感じ取れる。並の魔獣ではないだろう。

しばらく観察していると、白熊は何かの武術のような構えを取った。そのまま右手をぎゅっと握りしめる。

そして、天高く飛び上がると湖を力いっぱい殴り、盛大に氷を割るのであった。

その衝撃は凄まじく、湖岸にいた俺たちでさえ吹き飛ばされそうになってしまう。

「うわあああ!!」

一方の白熊はというと、割れた湖面から空中に舞い上がった魚たちを、器用に次々と捕らえていた。

「えっと……お魚を獲りに来たんですね。なんとも見事なパンチです」

「間違いない、相当な鍛練を積んでる。レヴィン、あれは特別な魔獣なの？」

エリスとアリアのコメントを聞いて、俺は顎に手を当てた。

人間の背丈の数倍はある巨体……そのうえ、武術らしきものを習得した白熊。魔獣にはかなり詳しいと自負しているが、心当たりはない。

だけど、俺の《聖獣使い》としての経験が告げている。

「あれは聖獣だ。なんだか彼女の発する魔力からは特別な力を感じる……」

「ママの言う通りかも。私も凄いオーラを感じる」

「オ、オーラですか……」

存在が確認されている聖獣については、一通り学んでいる。

しかし、聖獣とはそもそも希少な存在だ。ゆえに人間が把握できていない種はまだ多いと考えられている。

あの白熊もまた、そうした未確認の聖獣の一種ではないか。

「この異常気象とは関係がなさそうだ。彼女のことはそっとして――うわあ!?」

静かにここを離れようとした時だった。俺は雪に足を取られ、その場で滑って転んでしまった。

白熊が俺たちの存在に気付く。

「っ……」

真っ先に動き出したのはアリアであった。

凄まじい速度で俺の前に出ると、魔力で大盾を生成して構える。

「ウォオオオ!!」

雄叫びを上げながら白熊が攻撃を仕掛けてきたのだ。しかし、アリアが素早く反応し、大盾から展開された障壁が、相手の鋭い蹴りを遮った。

アリアのおかげで助かったが、一瞬で距離を詰めてきた白熊の機動力は恐るべきものだった。

「ホワアアアアア!!」

「みんな下がって!」

白熊の猛攻がさらに続く。蹴りを弾かれた反動を利用して身体を捻ると、無数の掌底を繰り出した。

アリアは勇ましい声を上げると、それらを見事に防いでいく。

相手の一撃一撃はとても素早く、重たかったが、アリアも臆することはなかった。

「ウォオ……」

激しい打ち合いの末、ついに白熊が攻撃の手を止め、構えを解いた。

白熊の様子を見て、アリアもまた大盾をしまった。

少し息が上がっているが、彼女はまだ余裕があるようだ。

「えっと……」

状況についていけない。

白熊は俺たちを敵だと思って攻撃してきたのだろうが……どうしてやめたんだ?

「ウォフ」

白熊がアリアから視線を外し、踵(きびす)を返して湖の中央に向かった。

しばらくすると、たくさんの魚介類(ぎょかいるい)を抱えて戻ってくる。それを俺たちのそばに置いた。

「ええっと……私たちに分けてくれるつもりでしょうか？」

猩々やデルフィナスのように、野生に生きながら人語を理解している幻獣、聖獣もいることにはいるが……この白熊はどうなのだろうか？

なんとなく、俺たちの言葉が分かっている気はするのだが。

【契約(テイム)】すれば、人間の言葉を喋(しゃべ)れるようになるが、相手にその意思がない以上、強制はしたくない。

そういうわけで、目の前の白熊と、意思疎通(いしそつう)を図(はか)る手段はない。

俺はジェスチャーや雰囲気で彼女の気持ちを汲み取ってみる。

「多分、最初は本当に俺たちを敵だと思ってたんだ。だけど、アリアが自分の攻撃を防いでみせたから、その力を認めたんだよ。あの魚介類は友情の証(あかし)かな。好敵手(こうてきしゅ)の健闘(けんとう)を称(たた)えているんだ」

「凄い。ママ、どうしてそんなことが分かるの？」

それらしく説明したが、ただの勘(かん)だ。

「ウゥ！」

白熊はアリア、そして俺に向かってガッツポーズをし、去っていった。

エリスが目を丸くして呟く。

「なんだか、レヴィンさんの言う通りな気がしてきました」

俺たちは不思議な白熊から魚介をもらった。


白熊との邂逅から程なくして、夕方を迎えた。

初日の探索はこれでお終いだ。

「今日はほとんど探索できなかったな……」

雪原に築き上げた小屋の中で、俺は大きくため息をついた。

室内はとても暖かく、ゆったりと過ごせるようにソファなどの家具も完備されている。なかなか快適だ。

部屋が暖かいのは暖房機能のある魔導具のおかげだ。しかしこの小屋自体、外の寒さを中に入れない構造になっているらしい。

詳しいことは分からないが、アントニオの設計の賜物だ。

それにしても本当に疲れた。

ふかふかのソファに身を投げると全身から力が抜ける。どこまでも落ちていけそうな脱力感だ。

「このペースで進んでいったら、エリア全体を調べきるのに何年もかかりそうです……」

「さすがに明日はこうならないと思う。今日は白熊と出会っちゃったからね」

エリスの言葉を聞き、疲労困憊した様子のアリアが答えた。

今日はとにかくハードな一日だった。

雪かきは想像以上に体力を消費するものだった。

連日の吹雪によって、酷いところでは頭の位置ほどまで雪が積もっていたのだ。アリアとエリスがもの凄い勢いで雪を払ってくれたが、それでも一苦労だった。

雪をかいては放り投げ、かいては放り投げ……人が通る道を確保しながら、俺たちは周囲を探索していった。

「結局、異常気象の手掛かりは見つかりませんでしたね。本当に疲れました……」

ソファにぐったりともたれかかりながら、エリスがこぼす。

彼女は雪かきでかなり貢献(こうけん)してくれた。

エリスの天職である《暗黒騎士(ダークナイト)》は、S級天職の中でも特に戦闘力が高く、本人の身体能力を飛躍的(ひやくてき)に上昇させる。次々と雪をかいては投げ、あっという間に道を広げてくれて今日は大活躍だった。

しかし、エリスが破竹(はちく)の勢いで働いても、この北部全体の広さと比べたら微々(びび)たる範囲しか探索できなかった。

「明日はもっと遠くへ足を延(の)ばしてみよう。雪かきのコツもなんとなく掴(つか)めてきたし」

「みんな、ココアを用意した」

俺がそう言ったところで、まだまだ元気があり余っているらしいエルフィがトレイを運んできた。

テーブルの上に置かれたそれには、ココアが注がれた三つのマグカップと大きなジャグが載っている。

どうやら、俺たちがぐったりとしている間に作ってくれたようだ。

「ココア!!　疲れた時には甘いものが一番だよね」

アリアが目を輝（かがや）かせて飛びつく。

ココアとは、カカオと呼ばれる南方の果実の種子である豆から作られる飲み物だ。

もともとは大陸南部にある国々の上流階級の者のみが飲む高級ドリンクだったという。今のようにまろやかな甘みを持つ飲み物としての製法が確立され、市民でも手が届く価格になったのはここ最近のことだ。

「この粉（こな）をお湯に溶（と）かすだけでできる。とてもお手軽」

エルフィが得意げな表情を浮かべた。

恐らく、神竜族が栄華（えいが）を極めていた千年前には存在しなかった飲み物だろうが……よほど気に入ったらしい。

エルフィがジャグを手に取る。彼女の顔よりも大きいそれには、なみなみとココアが入っていた。

「まさかエルフィ、それで飲むつもりか？」

みんなの視線がエルフィの手元に集まる。

すると、エルフィは顔を赤らめた。

「う……こ、これは違う。そう、みんなのおかわり用。たくさん用意したから、遠慮せずに飲んで」

この感じ……多分、ジャグに入ったココアは独り占（ひとじ）めするつもりだったんだろう。

小屋の中には四人がいるのに、エルフィは三つしかマグカップを運んでこなかった。おかしいと思っていたんだ。

ココアの支度をしてくれたのも、自分の取り分をたくさん確保できるという目算があったからかもしれない。

「まあ、俺は一杯(いっぱい)あれば十分だから、おかわりは別にいいぞ。用意してくれてありがとう」

「レヴィンに同じく」

「私もです」

大食いのエルフィの心情を察したのか、アリアとエリスもおかわりを遠慮する。

エルフィの表情がぱっと明るくなった。

「じゃ、じゃあ、飲んでもいいの？」

「ああ、好きなだけ飲むといい」

「わーい」

エルフィはそそくさとその場を後にし、小屋の奥――キッチンへ向かう。

そのまま眺めていると、【冷蔵庫】を開けて何かを取り出したようだ。

「ふふ。アイスココアにしよう」

どうやら氷を入れ、アツアツのココアを冷やすつもりらしい。

ついさっきまで吹雪の中を探索していたというのに……本気か!?

俺と同じく、エルフィの様子を見守っていたアリアとエリスが唖然(あぜん)とする。

「エ、エルフィ、元気だね……」

「風邪を引いてしまいませんか？　私は想像するだけで身体が冷えてきそうです」

エルフィの行動に驚きながらも、俺たちはゆったりとした時間を過ごした。

しばらく休憩を取った後、俺は腰を上げた。

「さて、疲れは取れたし、夕飯の準備でもするか」

「それなら、私も……」

独り言を聞きつけ、ソファに倒れ込んでいたアリアが起き上がろうとする。

「白熊との戦闘で疲れてるだろ？　いいから休んでて」

「なら、私が手伝う！　最近は『ほうちょうさばき』も板についてきた」

アリアの申し出を断ったところ、体力があり余っているエルフィが名乗りを上げた。

最近の彼女は料理に興味が出てきたようで、普段から簡単な調理の手伝いを引き受けてくれている。

アリアとエリスよりは元気そうだし、お言葉に甘えよう。

「それじゃ、エルフィには魚を捌いてもらおうかな」

「……お野菜でお願いします」

魚を捌くのは自信がないようだ。

かつて、味の種類は四つに分類できると言われていた。

塩味、甘味、苦味、酸味の四種類だ。

しかし、この説には疑問点があった。

たとえば、お湯に塩を溶いただけ……塩味を加えただけのスープじゃちっとも美味しくない。

でも、ここに肉や魚、野菜を投入すると、ぐっと美味しさが引き立つ。

こうした食材が持つ味わいを第五の味――旨味（うまみ）としたのが、セキレイのとある偉大な料理研究家だ。

実際、セキレイで食べたカニの出汁（だし）をふんだんにとった鍋（なべ）は最高の味わいだった。

白熊から貰った、たっぷりの魚介。

今日は、魚介の旨味を活（い）かす鍋を作ってみようと思う。

「手は猫（ねこ）の手……包丁は持ち上げすぎない……力を入れずに引いて切る……」

エルフィは目を見開き、真剣（しんけん）な表情で野菜を切っていく。

切るスピードはかなり遅いが、俺が教えた包丁の持ち方をちゃんと思い出しつつ切っているみたいだ。

拙（つたな）い動きだけど、それが可愛らしい。

「さて、魚は捌き終わったし、あとはグツグツ煮込（にこ）むだけだ」

エルフィが切った野菜を、そして魚介を入れて味を調（ととの）えつつ、煮込む。やがて鍋が完成した。

「これが鍋……おいしそう……」

テーブルの上に鍋を置くと、アリアが食い入るように中を見つめた。

以前セキレイを訪れた時、俺とエルフィ、スピカは鍋料理を食べたのだが……アリアとエリスは別行動中だった。そのせいか、二人は物珍しげな視線を送っている。

「確か、レヴィンさんたちは珍しいカニを使った鍋を食べたんでしたっけ？」

「そうそう。多羅波って名前で普通のカニとは見た目がかなり違うんだけど……本当においしかったなあ」

思い出すだけで涎が出そうになる。

普通のカニの何十倍、何百倍も大きい多羅波。肉厚な身にはカニの旨味がぎっしりと詰まっていて、最高の味わいだった。

「今回は多羅波はないの、ママ？」

「あれはセキレイ固有のカニだからなぁ……」

それに、白熊がくれたのは淡水に棲む魚と貝が中心だ。カニはお預けである。

とはいえ、大量の魚介の出汁とセキレイから持ち帰ったポン酢の相性は抜群なはず。

早速俺たちは、鍋をつつく。

「はぁ……身体が芯から温まってく～」

アリアは気が緩んだ表情を見せた。

醤油ベースの鍋つゆは、しっかりとした味付けながら食材の旨味を繊細に引き立てる。俺も身体がポカポカしてきた。

「はへ～、魚の風味が絶妙ですね。このお野菜もとても食感がよくて、鍋との相性抜群です」

「エリスが食べてるのはハクサイだな。昨日、市場で買ってきたんだ。向こうの食材は新鮮で美味しいし、どれも人気みたいだ」

先日から、竜大陸の市場にはセキレイの商人たちが参加している。

そのおかげで、みずみずしく高品質なセキレイ産の食材が簡単に手に入るようになった。

みんなで鍋を堪能していると、あっという間に時間が過ぎた。


お腹も満たされてきた頃……


──トントントン。

小屋の扉を叩く音がした。

「え……？」

俺は驚いてしまう。

何せ、ここは吹雪が吹き荒れる寒冷地エリアだ。

俺たち以外に、誰かがやってくるはずないのだが……

「何かがぶつかったにしては、軽くて規則的な音でしたね。まさかお客さんでしょうか……？」

「怪しい……みんな、警戒した方がいいかも」

アリアとエリスは緊張した面持ちだ。

戦闘に長けた二人がいてくれると、俺も心強い。

「とりあえず、私が様子を見てみるね」

アリアがそっと扉に近づいていく。俺たちはその後を追った。

「や、やめようよ。迷惑だよ……」

……すると、扉の向こうから声が聞こえてきた。やはり誰かいるみたいだ。

「我慢するよりもはっきり文句を言った方が、隣人トラブルは後腐れがなくて済む。第一、私たちに非はないのだ。堂々としているがいい」

「で、でも、向こうにも事情があるかもしれないし。僕、いきなり怒鳴り込むのはあんまり……」

「ええい、お前というやつは……仮面をつけている時と外している時とで、どうしてそんなに性格が変わるんだ？」

漏れ聞こえる会話から推察するに、どうやら外には男が二人いるようだ。

うーん……なんだか聞き覚えがある声なんだよなあ。

「どうする？」

アリアが困惑する一方で、エリスは何かに気付いたらしい。

「この声、もしかして……アリア、私が出ます。一体、こんなところで何をして――えっ？」

アリアに代わって扉を開けたエリスが、固まってしまう。

「むっ、なんという暖気だ。室内は随分と暖かいのだな」

「……山羊さん？」

訪問者の姿を見て、エルフィが呆然と呟いた。

扉を開けた先にいたのは、山羊の着ぐるみを着た男――エリスの兄、ユーリ殿だった。

後ろにはクローニアの英雄である《剣皇》こと、レグルスがいる。彼は羊の着ぐるみを身に纏っていた。

二人して、なんで珍妙な格好をしているのだろう。

ユーリ殿が早口でまくしたてる。

「夜分遅くに失礼する。我々はつい最近、寒冷地エリアに越してきた者だ。私はユーリで、隣の男はレグルスという。訳あってこの近くで暮らしているのだが、よもや、このような極寒の地に我々以外の住人がいたとはな……単刀直入に言う。我々のハウスに雪を投げつけるのはやめていただきたい！」

「……は？」

エリスがぽかんとした。

小屋の中が暖かいせいか、ユーリ殿がかけている眼鏡は真っ白に曇ってしまっている。だからか、目の前の相手が妹だと分かっていないみたいだ。

「無論、そちらにも事情があるのだろう。だが、こちらも困っている。ハウスの場所を変えても、ものの数分で新たな雪が飛んできて潰れてしまうからな……最初は竜大陸特有の自然災害かと思ったが、周囲を探索してみると小屋があるではないか。おまけに雪かきの道具が置かれているのを見かけて、これはと思い――」

「ちょ、ちょっと！　ちょっと待ってください」

なんとか兄を止めようとするエリスだが、ユーリ殿は止まらない。

「いいや、待たん。レグルス、お前からも言ってやれ」

ユーリ殿の背後からこちらを覗き、レグルスは小屋の主が俺たちだと気付いたようだ。

兄妹の間に割って入り、仲裁しようとする。

「いや、あの、ユーリ。少し落ち着いて。ええっと、この子は君の——」

「ええい、もっとはっきりと喋らんか。お前はこれでもつけていろ！」

ユーリ殿は着ぐるみのポケットから仮面を取り出し、レグルスに被らせた。

その途端、おどおどしていたレグルスの様子が一変する。

「フハハハ!!　こちらの言い分は以上だ。我々のハウスに雪を落とされ、大変困っている。明日以降、このような真似は慎んでいただきたい！」

気弱な性格のレグルスは、仮面をつけるとクローニアの英雄《剣皇》らしい、堂々たる振る舞いをするようになるのだが……これは何かのコントだろうか。

「いい加減にしてください、兄様!!」

埒が明かないと考えたのか、エリスはユーリ殿の眼鏡を強引に剥ぎ取った。

「あ、待て……眼鏡……眼鏡がないと何も見えない……」

「元から見えてなかったでしょう!?」

エリスは手際よく眼鏡のレンズを拭き、ユーリ殿に手渡した。

「むっ、エリスじゃないか。それにレヴィン殿も……どうしてこの地に？」

「どうしてじゃありません。兄様たちこそ、なぜ寒冷地エリアに来ているんですか。ここは立入禁止ですよ？」

エリスの言う通りだ。ここには立ち入らないように周知しているはず。

ユーリ殿はかつてエリーゼの護衛を務めていた元近衛騎士団長で、レグルスはクローニアの英雄だ。

そんな二人が、理由もなくルールを破るとも考えにくいが……

「実は、ハネムーンに来ていたところなのだ」

「えっ？　兄様とレグルスさんがですか!?」

ユーリ殿の言葉に、エリスは絶句した……って、そうはならないだろう。レグルスさんにはカリンさんという婚約者がいるんだから。

心の中で突っ込んでいると、案の定、ユーリ殿が叫ぶ。

「違う！　……いや、言葉が足りなかったな。ハネムーンに来たのはレグルスとカリンさんだ。以前、この男に新婚旅行で竜大陸を訪ねるよう勧めたのだが、『ならばお前が竜の背を案内しろ』と強要されてな」

「なるほど、そういう理由で……って、あれ？　それじゃあカリンさんはどうしてるんです？」

俺が尋ねると、今度はレグルスが口を開く。

「カリンは今寝込んでいるのだ。竜大陸に来て早々、熱を出してしまってな。猩々の治癒術士——カトリーヌ殿に相談したのだが、原因不明と言われてしまって……」

カトリーヌさんでも分からない、原因不明の高熱か。それは本当に心配だ。

カリンさんはかつて、ドレイクという男の捕虜になっていたことがある。あの男は魔族に攫われた妻のアイシャさんと義子のスピカを救うため、人や魔獣に対して怪しげな人体実験を行い、強大な力を手に入れようとしたのだ。

俺はドレイクの実験台となっていたカリンさんや他の被害者を助け、やつを打倒した。

実験による怪我はとっくに治したが……まさか、今になってカリンさんに後遺症が出たとでもいうのだろうか？

それにしても……

「レグルスさん、カリンさんについていなくていいんですか？」

婚約者が熱を出しているんだ。苦しんでいる時こそ、側にいてあげた方がいいと思うけど。

ところが、レグルスは首を横に振る。

「分かっているんだが……実は、カトリーヌ殿に寒冷地エリアの探索を依頼されたんだ。なんでも、ここには希少な薬草が数多く生息しているらしい。『カリンさんを治療する一助になるかもしれない』と言われてはな」

「珍しい薬草？　そんなものがあるのか」

「詳しいことは私にも分からん。レヴィン殿たちこそ、どうしてこんなところにいるんだ？」

「まさか、親元を離れて私の妹と同棲するつもりか？　いささか破廉恥ではないか!?」

口を挟んできたユーリ殿に、エリスが素っ気なく告げる。

「ややこしくなるので、兄様は黙っててください」

「……はい」

俺は寒冷地エリアの異常気象を調査しに来たこと、そして慣れない雪原での探索に苦労していたことを伝えた。

「なるほど……どうやら、そちらも大仕事だな。よし、そういうことなら私とユーリも手を貸そう」

「いいんですか？　カリンさんの件で大変でしょう？」

申し出はありがたいが、体調不良の婚約者を優先してほしい。

俺たちを手伝ってもらうのはなんだか気が引ける。

「気にするな。雪かきをしつつこのエリアを調査するなら、人手が必要だろう？　薬草に関しては、レヴィン殿を手伝いながらそれらしいものを採取する。その方が効率的だ」

もっともな意見だ。雪をかき分けての探索は大変だったし、レグルスたちが協力してくれるなら心強い。

俺は二人に礼を言い、お言葉に甘えることにした。

「あ、そういえば……さっき、ハウスがどうのこうのって言ってましたけど……」

「ああ、そのことか。大した話ではない。私たちはテントを張って拠点にしていたのだが、周辺を調べて帰ってきたところ、尋常じゃない量の雪を被っていたんだ。建て直して探索に向かう度に、どこからともなく大量の雪が飛んでくるものだから難儀してな。そうこうしているうちに、ユーリがこの小屋を見つけた。よせばいいのに、文句を言いに来たというわけだ」

「なるほど……俺たちが捨てた雪でテントを潰してしまってすみません。まさか、ここに人がいるとは思わなくて」

「まあ、こちらも悪気があったとは思っていない。ただ、近くにテントを設営している者がいると知らせねば、同じことが繰り返されるからな」

レグルスが苦笑する。

しかし、この猛吹雪の中でテントを張っていたとは……それなら、彼らもこの小屋に泊まってもらおう。

幸い、アントニオは小屋をかなり広めに設計してくれた。滞在者が二人増えても、手狭にはなるまい。

俺たちは二人の引っ越しを手伝い、ついでに鍋をごちそうすることにした。


二回目の鍋を準備し、みんなで食卓を囲む。

「レヴィン殿は料理上手なんだね……実家が酒場だから、僕もそれなりに料理をする機会があったけど、あまりうまくなくて。凄いよ」

仮面を外したレグルスの言葉に、みんなが静まり返った。

「ど、どうしたんだい、みんな。もしかして僕、変なこと言っちゃったかな？」

仮面の有無でこうも性格が切り替わるとは。何度見ても驚くな。

「お前はギャップがありすぎるのだ。いっそ常に仮面をつけていたらどうだ？」

「え。でもユーリ、ご飯を食べる時まで被るのはマナーが悪いよ……レヴィン殿が折角ごちそうしてくれてるのに」

持ち込んだ酒を呑みながら、レグルスが反論した。

以前、彼の実家の酒場で見かけた時は、食事中も仮面をつけていたはずだが……あれはクローニアの民たちの前で自分の気弱な姿を晒さないようにするため、あえてそうしていたらしい。

今は気負う必要がないからか、遠慮なく仮面を外している。

「というか、ギャップがあるといえば……お二人の格好はどうしたんですか？」

突っ込むタイミングがなくてスルーしていたが、俺は二人の服装がどうしても気になってしまう。

彼らが着ている山羊と羊の着ぐるみ。クローニアを代表する騎士、かつ成人男性が着るにしては、いささか可愛らしすぎるデザインだ。

「む？　これか？　なかなかナイスな寝間着だろう。市場で売っているのを見て購入したのだ」

「僕はいらないって言ったんだけど……『暖かいぞ』って、ユーリが無理矢理……」

ユーリ殿が堂々と着ぐるみを見せびらかす一方で、レグルスは恥ずかしそうだ。

しかし、堅物なユーリ殿が寝間着に着ぐるみを選ぶとは。正直、意外である。

「兄はいつもは真面目なのですが、たまに突拍子のない行動に出るんです。自室で逆立ちしながらジュースを飲んでみたり、独特なセンスのお土産を送りつけてきたり……」

エリスがこっそり教えてくれた。

うーん、とても想像できな……いや、できる。この前の覇王の残滓との戦いも、「アロハシャツを着てセキレイを観光中」という体で救援に来てくれたし。

あの時は助けられたけど、やっぱり珍妙な格好ではあった。

ユーリ殿はかつて、最愛の妹であるエリスとアイシャさん、スピカたちの命を人質に、魔族……クローニアの元宰相、ゼノンに無理矢理従わされていた。自らも呪いに侵され、きっと相当のストレスがあったことだろう。

俺は寡黙で張り詰めた雰囲気があるユーリ殿を見かける機会が多かったが、こうして気を抜けるようになったのであればいいことだ。

「えっと……それにしても、まだ慣れないね。レグルスさんは戦場で見た時と、かなりその……雰囲気が違うから」

アリアは素のレグルスにまだ馴染めずにいるらしい。

《剣皇》レグルスはクローニアで一番の騎士だ。戦場では勇猛果敢に戦う彼だが、本来の性格はとても穏やか……というか、臆病だ。

前に稽古を付けてもらった時、アリアは仮面を外したレグルスを目にしたはずだが……それでも違和感が拭えないようだ。

「アリア殿とは戦場で会うことが多かったですしね。《神聖騎士》だけあって、あなたの戦いぶりは見事でした。クローニア軍の最新兵器を、たった一人で防ぎきるとは。『耐えてくれ』とは言ったものの、正直驚きましたよ」

ゼノンに扇動（せんどう）されたクローニアがエルウィンに攻めてきた際、アリアは一人で侵攻を食い止めた。

レグルス殿が褒めているのは、その時のことだろう。

「その節はありがとう。多分、レグルスさんの助言がなかったら、防ぎきれていなかったと思う」

「いやいや、気にしないでください。ほら、あの時は我が国もいろいろとおかしかったから」

アリアがお礼を言うと、レグルスは謙遜（けんそん）した。

当時、和平がまとまりかけていたエルウィンとクローニアだが、ゼノンのせいで戦争が再開してしまっていた。アリアから聞いた話によると、クローニア軍を率いて戦場に現れたレグルスはうまく立ち回り、双方の被害が最小限になるように腐心（ふしん）してくれたらしい。

他愛（たあい）ないおしゃべりをしていると、話題が雪かきの話に移（うつ）った。

「一つ思ったのだが、我らの道を阻（はば）むこの鬱陶（うっとう）しい雪、我々の力を結集してまるっと吹き飛ばしてはどうだろうか？」

「ユーリ殿？　何を言ってるんですか？」

なんだか突拍子もない提案だぞ。

「何、この場にはS級天職、あるいはそれに匹敵する力の持ち主が集まっている。全魔力を集中させて、圧倒的な破壊力がある攻撃を放（はな）とう。そうしてしまえば、いちいち雪をかく必要もなくなるぞ」

「いやいやいやいや、そんなことをしたら竜大陸にどんな影響が出るか……それに多分、レグルスさんが探してる薬草も消し炭（ずみ）になりますよ!?」

「かまわん!!　全て薙ぎ払うのだー!!　ふはははは!!」

ユーリ殿は両手をあげて振り回し、豪快に笑う。

「ちょっ、兄様!?　急に何を……!」

エリスをはじめ、みんなが困惑する。もちろん、俺もだ。

いくらなんでもユーリ殿らしからぬ言動である。

「待って……兄様、もしかしてお酒を呑みました？」

「ふははははは！　そんなわけなかろう。俺は水しか飲んでないぞ。きれいですきとおったみずなのだ〜〜」

そうは言っているが呂律が回っていない。ユーリ殿がグラスを握り、一気に呷ろうとする。

隣にいたレグルスはそれを取り上げ、匂いを嗅いだ。

「まずいよ。これ、お酒だ……僕が持ち込んだセキレイの米酒を、水と勘違いして注いじゃったみたいだ」

「ええ……」

そういえば、レグルスは酒瓶を持ち込んでいたな。

セキレイ土産だというその米酒は、魚介たっぷりで繊細な味わいの鍋にとてもよく合うらしく、それはそれは美味しそうに呑んでいた。

グラスの中の米酒は確かにとても透き通っていて、水にしか見えない。

「エリス。ユーリ殿ってもしかして……」

「はい、ご覧の通りです。兄様はお酒に弱く、ほんの一口呑んだだけで、ポンコツになってしまうのです……」

「なんてこった……」

思わず頭を抱えてしまう。

いつの間にか、ユーリ殿は顔を真っ赤（まっか）にしていた。目の焦点（しょうてん）もどこか合わず、要領（ようりょう）を得ない言葉を繰り返している。

「ご、ごめん、レヴィン殿。とりあえず、彼は僕が寝かしておくよ……ほら、ユーリ。もう寝る時間だよっ!!」

「ごふっ!!」

レグルスはユーリ殿をぶん殴（なぐ）り、気絶させた。

なんて荒（あら）っぽい寝かしつけだ……

「じゃ、じゃあ、お先に失礼するね。鍋、とても美味しかったよ。できればレヴィン殿を酒場の厨房（ちゅうぼう）にスカウトしたいくらいだ。それじゃあ」

嬉しい言葉を残して、レグルスはユーリ殿を引きずり去っていった。

なんとも意外な一面を見た。

「え、えっと……後片付けをして、私たちも寝ましょうか」

「あ、ああ、そうだな……」

兄の醜態（しゅうたい）に、エリスは恥ずかしそうにしている。

微妙な気まずさを感じながら、俺たちは後片付けを始めた。

「じー……お酒とお鍋ってやっぱり合うのかな？」

エルフィが興味を示している。神竜は丈夫な身体を持つので問題なく酒が呑めるそうだが、彼女はまだ呑んだことがないと聞いていた。

肉体的には問題ないとはいえ、保護者としては止めておきたい。

「エルフィにはまだ早いよ。あんな風にはなりたくないだろう？」

「うん。たしかに……」

飲酒の危険性を伝えるのに、ユーリ殿は最適な見本になったようだ。

さて、エリスとエルフィが食器を片付けている間に、テーブルを拭いておこう。

食卓に目を向けた俺は、アリアがなぜかぐったりとしていることに気が付いた。

「アリア？　具合でも悪いのか？」

「あ〜？　レヴィンだ〜。へへ、どーしたのー？」

アリアがぼんやりとこちらを見上げる。

「いや、『どーしたのー』って……アリアこそ、どうしたんだ？」

「どーもしてないのれす。それよりもー、も〜ねるじかん？」

「あ、ああ、そうだけど」

「じゃ〜、レヴィンがはこんで。それから、きがえもてつだって〜」

「はい？」

アリアが両手を差し出して、抱き上げるよう要求してくる。何それ、恥ずかしい。

よく見てみれば、彼女の顔がうっすらと赤くなっているようだ。そのうえ、呂律も回っていない。

まさか……ユーリ殿のように、間違えて酒を呑んだのか!?

俺が固まっている間も、アリアは何やらムニャムニャと言い募る。

「だって～、レヴィンはぎしきのあと、ずっと私をほうってたので、私にかまい、やしなうぎむがあるのれす!!」

儀式って……もしかして、天職を授かった【神授の儀】のことだろうか？

儀式の後、一緒に故郷を出て王都に向かった俺たちだが、宮仕えをすると決めてからは、それぞれの天職を活かすための訓練を受けるべく離れ離れになっていた。

S級天職持ち同士、公の場で顔を合わせることこそあったが、今のように気軽に話せる状態じゃなかった。こうして一緒に行動するようになったのは、ここ数ヶ月のことだ。

あの時のことを、アリアはそんなふうに思ってたのか？

「あれ～？　レヴィンがふたりいる～？　おとくだね～」

アリアはもう一人の俺（？）を捕まえようしているのか、空中に向かって抱きつこうとする。

「ああ、もうどうすれば……」

困っていると、キッチンからエリスがやってきた。

俺が今の状況を伝えると、彼女はテーブルの上にあったグラスを取り、じっと見つめる。

やがて、エリスは深刻な表情で口を開く。

「レ、レヴィンさん。アリアが使っていた、このグラスを見てください……」

グラスの中には透明な液体がたっぷりと入っていた。

やっぱり、アリアは米酒を呑んで――

「これ、ただのお水みたいです」

「なんでだよ！」

どうやらアリアは場の雰囲気で酔(よ)ったらしい。

もうめちゃくちゃだよ。

◆　◆　◆

「うわ～、折角作った道が雪で埋もれてるなあ……」

探索二日目。

寒冷地エリアは相変わらずの天候で、昨日の雪かきの成果が水の泡(あわ)だ。

「このペースで探索すると、埒が明かないなあ……なんとかしないと」

「ママ、火を使うのはどう？　ルーイに手伝ってもらおう」

「そうか。こういう時こそ、力を借りるのもいいかもしれないな」

試しに、都市で待機してもらっている仲間――【契約(テイム)】した魔獣を喚んでみよう。

俺は【魔獣召喚(サモンビースト)】を唱え、赤獅子(あかじし)を召喚した。クリムゾンレオのルーイだ。

「ご主人様!!　お喚びですか!!　お役に立ちますよ!!」

目を輝かせたルーイは、その巨体に似合わない人懐っこさで尻尾を振る。

俺たちがセキレイを訪ねた時は留守番だったので、今回はかなり張り切ってるみたいだ。

「実はこのあたりの雪が邪魔でな。これをどうにかしたいんだ」

「そういうことならお安い御用です！　お任せを!!」

クリムゾンレオのルーイは火の力を持つ魔獣だ。この程度の雪なら一瞬で溶かせるだろう。

「むむむむむ」

ルーイが力むように声を絞ると、彼の全身が炎に包まれる。

そして、みるみるうちに周囲の雪が溶け出した。

どうやら俺たちが熱くならないように力を制御しているみたいで、炎の側に立っていても熱は感じない。

あっという間に雪が溶けていく。そのペースは俺たちが想定していた以上だ。

しかし、一つだけ問題があった。

「エルフィ、知ってるか？　雪は溶けると水になるんだ」

「さすがに知ってるよ、ママ」

このあたりに積もった雪は相当な量だ。それが全て水になれば当然……洪水が起こる。

「み、みんな、逃げろおおおお!!」

「ど、どこに～～～～～!?」

アリアが叫んだ。

今や小屋の周りの雪は完全に溶け、行き場を求めて一斉に流れ出している。

このままでは二日目の探索がびしょ濡れで始まることになる。

「レヴィン様、皆さん、下がって～」

頭を抱えた瞬間、目の前に青い髪の女性――ヴァルキリー三姉妹の一人、サフィールが現れた。

彼女は魔力を練り上げて周囲の水を操り、ひとまとめの水の球に変化させる。

そして、それを遠くへ放り捨てたのであった。

「無事かしら、皆さん？」

「ああ……ありがとう、サフィール。それにしても、自力で転移してくるなんてな」

「主の危機に駆けつけるのが、私たちの務めですから。何事もなくてよかったですわ」

通常、【契約】した魔獣は主人が喚ばない限り召喚されることはない。しかし今回、サフィールは独りでにやってきた。そのような事例は聞いたことがない。

彼女によると、セキレイでの戦いで俺が死にかけたことを教訓として、緊急時には魔獣側から転移して駆けつけられないかと試行錯誤していたという。

実際に試したのは今が初めてだそうだが、努力が実を結んだらしい。

しかし、従魔が自力で転移するなんて前代未聞だ。

「レヴィン様と私たち姉妹が、強い絆で結ばれている証拠です」とのことらしいけど、なんとも不思議だ。

「ちなみに、私とルビーも来たんだけど……」

そう言ったのは、ヴァルキリーのトパーズだ。隣にいるルビーと一緒に、駆けつけてくれたらしい。

「いやあ……主人想いの相棒たちで、テイマー冥利に尽きるよ」

「ちょ、ちょっと、わ、私は別に心配したわけじゃないし……ただ、おやつ作る人がいなくなるのが嫌なだけで……それだけで……」

素直に言葉にするのが苦手なトパーズは、もごもごと呟いた。

なんだか微笑ましく思っていると、ルビーが話しかけてきた。

「レヴィン様、寒冷地エリアの探索の件は承知しておりますが、さすがにこれは無茶です。降雪量もさることながら、この猛吹雪……寒さだって、人の身にはかなり応えるのでは？」

「うーん……そうなんだよなあ。でも、リントヴルムの背で異変が起きてるなら、早いとこ解決したいし……」

「そういうことなら、多少は力を貸してあげるわよ」

トパーズの言葉をきっかけに、周囲の吹雪がやんだ。

「雪を止めたのか？」

「そうよ。私は光属性の性質があるから。でも、これが限界みたい。本当は【陽光】の力を使って、あたり一帯を晴天にするつもりだったんだけど……何か強い力で邪魔されてるみたいね」

トパーズの能力でもどうにもできないということか。

やはり、異常気象を引き起こしている原因を見つけたいな。

「でも、助かるよ。この雪で、すぐに道が閉ざされるから」

「とはいえ、まだ少し寒いわね。ルーイちゃん、あなたならなんとかできるんじゃないかしら？」

サフィールがルーイに水を向ける。

「はい。みんなが凍えないように温めることはできます。ほら！」

ルーイの掛け声と同時に、寒さが和らぐ。

今度は雪を溶かすのではなく、俺たちの周囲の外気だけ暖かくしたらしい。

「はあ〜、凄いね。これなら厚着しなくても大丈夫かも」

アリアの言う通り、この暖かさなら普段着で過ごせそうだ。

昨日は雪かきをするにも上着で動きづらかったが……今日の探索は捗りそうだ。

「さて、残された雪をどうにかしないといけませんね。溶かしてしまうと、先程のように大惨事を招きますから、ここは……」

ルビーがどこからともなく愛用する大剣を取り出し、口づける。すると、大剣がそれはそれは大きなスコップへ変化した。

ルーイと同じく火属性の力を持つルビーだが、こうして武器を鋳造する不思議な力も持っている。

「では、まとめて」

ルビーは大量の雪をスコップで掬い取り、遠くへ放り投げてしまう。

「体力には自信がありますゆえ、雪かきはお任せを。皆様は、どうぞゆっくりなさってください」

「いや、女性にだけ力仕事を任せては騎士の名折れだ。何より、貴殿は相当な強者とみた。雪かきという形ではあるが……ここは一つ手合わせを所望する」

仮面をつけたレグルスが張り切った様子で、ルビーの前に立つ。

「そういう貴殿の実力もかなりのもののようですね……承知いたしました。胸をお借りします」

ルビーは自分のものと同じ大きさのスコップを新たに生成すると、レグルスに差し出した。

武人同士、意外と気が合うようだ。

二人は破竹の勢いで周囲の雪を散らしていった。

「えっと、ママ。私たちはどうする？」

「そうだな。手伝った方がいい気もするけど、入り込む余地がなさそうだ」

「うむ。ここは力自慢に任せるのがいいだろう。あの男、体力だけはあるからな。であれば、私たちが交代するまでもない。レヴィン殿の相棒もかなり腕が立つようだ。我々が下手に手伝っては、勝負の邪魔になってしまう」

ユーリ殿の言うことも一理ある。

ルビーとレグルスに視線をやると、もうずっと遠くまで雪を掘り進めていた。

確かに、俺たちの出る幕はなさそうだ。

俺たちは二人の後をゆっくりとついていくことにした。

さて、それから数時間が経った。

もの凄い勢いで雪をかき分けるルビーとレグルス、そしてトパーズとルーイのサポートのおかげで、俺たちは快適に探索を続けていた。

しかし、今のところ見渡す限りの雪景色が広がるばかり。

これといった異変はない……そう思っていた時だった。

「山が凍っている……？」

寒冷地エリアを北上すると、周囲に険しい連峰が見えてくる。

連峰の中央にはひときわ大きな山がそびえ立っているのだが、そこだけ凍りついているのだ。

山肌は氷で覆われ、さかさまになったつららのような氷の突起が突き出している……なんとも物々しい雰囲気だ。

エリスが俺の肩を叩く。

「レヴィンさん、あそこに大きな洞窟があります」

少し離れたところに、半円筒状の氷でできた大洞窟があった。どうやら氷漬けになっている件の山に向かって延びているようだ。

「あの中を通れば、雪かきをしなくても済みそうだ。あそこを抜けてみようか」

「待ってください、ご主人様。ここを通るなら、防寒着はしっかりと着た方がよさそうです」

「ルーイの力があれば大丈夫じゃないか？」

「それが、あの洞窟から禍々しい魔力を感じて……うまく能力が使えそうにないのです」

「実は私もなの。じきに、雪を止めることができなくなる気がする。洞窟の中に入るなら、支障はないと思うけど……」

ルーイもトパーズも強力な魔獣だ。

その力を妨害するほどの何かが、洞窟の先にあるのかもしれない。

ここはルーイの助言に従おう。俺たちは防寒具をしっかり着込んだ。


魔力が濃いエリアなのか、洞窟内は魔力光によって明るく照らされていた。今はまだトパーズの力が働いていて、外の光が入り込んでいることも明るい原因の一つだろう。

雪が積もってないこともあり、ここまでほとんど見かけなかった様々な魔獣が散見される。

「見て見て、ママ！　羊さんだよ」

洞窟を少し進むと、エルフィが何かに気付いて駆け出した。

そちらを見れば、キラキラと光る毛皮を持ったとても愛らしい羊がとことこ歩いている。

「おお、あれはララメェ！　ララメェじゃないか!!」

「知ってるの？」

「ああ。雪国に棲む珍しい羊で、雪を食べて生きてるんだ。だけど、絶滅の危機に瀕しているから、めったにその姿を見られないんだよな」

図鑑で読んだので知識だけはあったけれど、実際に目にするのは初めてだ。

群れからはぐれたのだろうか？　ララメェは特に俺たちを気にするそぶりもなく、時折立ち止まってはのんびりと雪を食べていた。

雪をムシャムシャと頬張る姿は本当に可愛い。

どうにかしてうちに連れて帰れないだろうか。

「あっ！　羊さんが倒れちゃう……！」

「メ、メェ……メェ……」

エルフィの言う通り、雪を食べていたララメェが急に地面に横たわった。なんだか苦しそうな表情を浮かべている。

「ああ……雪を食べすぎたんだな。雪を主食にしているララメェだけど、ついつい食べすぎてお腹を壊すことがあるんだ。そうして動けないでいるところを天敵や密猟者に狙われて、数を減らしていったらしい」

厳しい自然界で生き延びるには、のんびりすぎる魔獣。

それがララメェだ。

「なんだか、可哀想。レヴィン、助けてあげられないの？」

「それなら簡単だ。ララメェはお腹を優しくさすってあげると、すぐに元気を取り戻す。本当なら群れの仲間がやってくれるはずなんだが……はぐれている個体みたいだし、アリアが助けてあげたらどうだ？」

「わ、分かった。できるかな」

アリアがそっとララメェに近づき、恐る恐る手を伸ばす。

ララメェは小さな瞳でアリアを見上げた。こちらに敵意がないことは悟っているようだ。

「メェ……メェ……」

ララメェが苦しげに鳴く。先ほどまで輝いていた毛皮は光を失っており、見るからに元気がない。

アリアはそんなララメェを労(いたわ)るように、愛情を込めて優しくお腹を撫でた。

「こうかな？」

「メェ〜〜〜」

ララメェの鳴き声が、だんだんと心地よさそうなものへ変わっていく。

アリアの手から温(ぬく)もりが伝わったのだろう。毛皮がキラキラと光る。

「メェ〜！　メェ〜!!」

やがてララメェは元気を取り戻すと、その場で飛び跳(は)ねてみせた。

「メェメェ！」

お腹をさすってくれたことに感謝しているのか、ララメェはアリアの手に頭を擦(こす)り付け、弾(はず)んだ声で鳴く。

すると、ぼうっと青い光が発せられた。

「あれ？　これは【契約(テイム)】の……」

この青い光は、魔獣から信頼を得ると発生する【絆の光(きずなのひかり)】である。

今回は俺ではなくアリアがララメェを助け、信頼を得たはずなのだが……不思議なことに絆の光は俺に向かって伸びていた。どうやら俺と契約したいらしい。

俺とアリアを仲間……群れとして認識しているのかもしれない。

ともかく、ララメェを【契約(テイム)】してみよう。

「【契約(テイム)】」

そう唱えると、あっさりと成功した。これでこのララメェは俺の仲間だ。

「メェメェ!!　助けてくれてぇ～ありがとぉ～！」

人間の言葉を喋れるようになったララメェが、のんびりとした声音で感謝してくる。そして、俺に挨拶するように頭を擦り付けてきた。

とても人懐っこい性格だ。癒やされるなあ。

「そうだ。【契約(テイム)】したんだから名前を付けないといけないな。何がいいかな」

【契約(テイム)】した魔獣を名付けるのはいつも難しい。

エルフィのようにもともと自分の名前を持っているケースもあるが……それは珍しい事例だ。

「ふむ。悩んでいるのなら、私が名付けよう。『しゅがー』というのはどうだ？　モコモコしていて、まるで綿菓子(わたがし)のようだからな」

なるほど、いい名前だ。レグルスの言う通り、この子の名前はしゅがーにしよう。

「メェ？」

「メメェ！」

そうこうしているうちに、しゅがーの仲間と思しきララメェたちが集まってきた。

はぐれた彼を探しに来たようだ。

「みんな、戻ってきたぁ。どこに行ってたんだい？　心配したんだよぉ」

「メメメェ！　メメ!!」

呑気なしゅがーに対して、他のララメェたちは安堵したような、怒っているようななんとも言えない表情をしている。

【契約】していないララメェたちだが、なんとなく彼らが言いたいことは分かる。「心配したのはこっちだ」といったところだろう。

「わあ……！　ララメェがたくさんですね。みんなモコモコで、可愛らしいです」

エリスが目を輝かせ、アリアと一緒にララメェのそばに近寄った。

「そうだ。折角だし、しゅがーの力を借りて進もうか」

「力を借りるって？」

首を傾げるアリアを促して、しゅがーの背に乗ってもらう。

「どうだ？」

「うわ……凄い。ふわふわしてモコモコして、とても温かいよ！」

「そうだよぉー！　ぼくたちの毛皮は防寒性が高いんだ」

しゅがーはなんとも得意げだ。

寒いところを探索するのに、こんなに頼れる魔獣はいない。

「いいなあ、アリア。ママ、私も羊さんに乗りたい!!　乗りたい!!」

「そうだな。他のララメェに力を貸してもらえないか、聞いてみようか」

しゅがーに頼んで、俺の言葉を他のララメェに通訳してもらう。

すると、「しゅがーを助けてくれたお礼に、ぜひとも頼ってくれ」というありがたい返事があった。

「みんな、『ここは天敵がいっぱいいるから守ってね』って言ってるよぉ」

「ああ、任せてくれ」

こうして俺たちは、雪国の探索を進めるための心強い仲間を得たのであった。

分かりやすいように他のララメェにも名前を付けて、その背中に乗らせてもらう。

そうして進んでいく俺たちだったが……

「待て。なぜ私だけずっと徒歩なのだ」

洞窟を進む中、ユーリ殿がぼそりと呟いた。

「お前なら、歩き通しでも問題なかろう？　寒さが応えるわけでもないだろうに」

「それはそうだが……そういう問題ではない、レグルス。なぜ、私だけがあのモフモフを堪能できないのだ？」

「いや、そう言われてもだな……」

俺は眉根を寄せるユーリ殿に声をかける。

「えっと、どうやらこのあたりにはもうララメェがいないみたいで……」

今回力を貸してくれるララメェは、しゅがーを含めて五匹だ。

まずエルフィとアリア、エリスがそれぞれララメェに跨る。ついで、「折角なら自分も乗ってみたい」と言ったレグルスは、しゅがーが担当することになった。

五匹目のララメェには俺、そして乗りたそうにしていたヴァルキリー三姉妹を交代で運んでもらうことになっている。

俺たちが順番を決めている間、ユーリ殿はずっとそっぽを向いていたので、てっきり興味がないのだと思っていたが……

「私もあの温かそうで柔らかなモフモフに包まれたい……」

ユーリ殿が顔を手のひらで覆い、嘆く。

……そんなにララメェに乗りたかったのか。

レグルスが呆れたように言う。

「むう……そんなに乗りたかったのであれば、早く言えばよかっただろう」

「年長者として、我慢していたんだ！　だが、見れば見るほど羨ましくて……」

なるほど。どうやらユーリ殿は、不満があっても呑み込みがちらしい。

もしかしたら、単純にモフモフ好きである可能性もある。寝間着だって可愛らしい山羊の着ぐるみだったし。

「ええい。メソメソするな。そういうことなら、私が代わってやる」

レグルスがしゅがーの背から降りて、彼の頭を撫でながら尋ねる。

「どうだ、しゅがー？　あの泣き虫な赤毛を乗せてやってはくれないか？」

「いいよぉ」

「ありがとう。お前はいい子だな……よし、ユーリ、乗ってみろ。なかなか心地いいぞ」

「ああ……」

ユーリ殿が恐る恐るしゅがーの背に跨る。

「おお、なんという柔らかさ、そして温かさだ!!　身体の芯から温まる!!」

「メェ！　メェ！　当然だよぉ」

ユーリ殿はいつになく緩んだ笑みを浮かべ、しゅがーのたっぷりの毛皮に埋もれた。嬉しそうに背中を撫でている。

しゅがーの方も、撫でられて満更でもない様子だ。

何はともあれ、ユーリ殿が癒やされているならよかった。

ところで……こんなにだらけきった兄の姿を見て、エリスはどう思ってるんだろう。

「兄様、ああして癒やしを求めるほどに疲れていたのですね……私のせいでもあるでしょうが、お労しいです……」

お労しいときた。

ユーリ殿の苦労を知っているので、エリスの心境は複雑そうだ。

こうして温かな移動手段を手にした俺たちは、洞窟の奥へ進んでいったのだった。


進み続けていくうちに、開けた場所に出た。

「ひとまず、今日はここで一晩明かそうか。そろそろ日も暮れる頃だろうし」

洞窟の天井はかなり高い。小屋を建てる余裕は十分だ。

俺たちは今日の探索を切り上げ、【製造】で作った小屋の扉をくぐる。

「あれ？　ユーリ殿は入らないんですか？」

「私はここで外の見張りをしよう」

「え、まさかその体勢で……？」

ユーリ殿はしゅがーのモコモコの毛皮に包まれ、首だけ出した状態だ。

「うむ。私はもう、ここに住む」

「そ、そうですか。ごゆっくり……」

しゅがーのモフモフがかなり気に入ったようだ。

「メエ〜。レヴィン、またね〜」

乗せているしゅがーも嫌がるそぶりはないし、そっとしておこう。


『強盗に入られて、自宅が放火される』!?　家を建てたばかりなのに、なんでだよ!!」

「レヴィン、運がないね。あ、こっちは『家の庭にマナタイト鉱脈が見つかる。金貨三百枚の収入』だって」

「あっ、私、『子どもが誕生』でした。皆さん、お祝い金をお願いしますね」

小屋の中に入った俺たちはというと、休憩がてら、市場で売っていたボードゲームなるもので遊んでいた。

「待って。エリスに金を渡したら、所持金がマイナスになるんだけど……」

「フハハハ、借金してまで友人のお祝いをするとは。健気だな、レヴィン殿よ」

俺たちが遊んでいるのは、騎士や冒険者といった様々な職業につき、億万長者を目指しつつゴールに向かうというボードゲームだ。サイコロを転がして駒を進め、止まったマスに書かれている出来事をこなしていく。

知略はさほどいらず、運が重要なゲームなのだが……俺はとことん運が悪かった。所持金がマイナスになり、まさかの借金生活が始まってしまう。

「ええっ!? 『借金の利子として、一定ターンごとに金貨十枚の徴収』？ どうやってお金を稼げば……」

俺の駒は借金を背負い、さらに困窮していく。現実の残酷さを分からされる。

「おい……お前たち、何をそんなに楽しそうにしているんだ……？」

ゲームに人生の厳しさを教え込まれていると、ユーリ殿が声をかけてきた。

いつの間にか、小屋の中に入ってきたらしい。

他のみんなが遊びに夢中なため、代表して俺が答える。

「えっと、ボードゲームってもので遊んでいるんです」

「そうか。楽しそうだな。外まで笑い声が聞こえていたぞ」

いつもと変わらないテンションだが、ユーリ殿は心なしかしょんぼりしている気がする。

さっきまではしゅがーのモフモフした毛皮に包まれて、うきうきしていたはずだが。

「最初は、フワモコの毛皮に包まれて至福の時間だったが、だんだんとお前たちの楽しげな声が気になってな……」

ああ……寂しくなったのか。

レグルスが突っ込む。

「だが、外に残ると言い出したのはお前だろう？」

「……ところで、見張りをしていると奇妙なものを見かけてな」

ユーリ殿は強引に話題を変えた。

「奇妙なものって？」

「うむ。外は日の光が差さず、魔力光も乏しいので薄暗いのだが……そこを、ぼうっと青白い光が漂っていてな」

「え!? それってまさか……幽霊？」

ユーリ殿の報告を聞き、アリアが生き生きとしている。昔からこの手の怪談が好きだったからな……

一方のエリスは顔を青ざめさせ、正反対の反応を見せていた。

「ま、まま、待ってください。兄様、冗談ですよね？」

「さてな。だが、先程から光っては消え、光っては消えを繰り返すのだ。なんとも不気味だろう？いずれにせよ、様子を見る必要があると思ってな」

「え、えっと、私は留守番をします。み、皆さんで行ってきてください」

エリスは幽霊が大の苦手だ。ここは他の人たちで様子を見に行くのがいいだろう。

まずは俺とアリア、レグルス、そしてユーリ殿で見回りすることにした。

ユーリ殿によると、謎の光は小屋の周りをグルグルと回っていたらしい。

「……って、何もないけどなあ」

外に出てきたものの、あたりはただ薄暗いだけだ。

「おかしいな。光は小屋のすぐそばを飛んでいたのだが」

「それは少し怖いですね……もしかしたらその光、魔獣かもしれません」

俺の言葉に、レグルスが不思議そうな顔をする。

「ふむ。レヴィン殿は何か知っているのか？」

「雪国に棲む魔獣で、光る種族に心当たりが。近づかなければ平気なのですが……一旦、小屋に戻りましょう。しゅがーたちララメェは、一度、都市に避難してもらった方がいいかもしれません」

念のため、俺は転移門を使ってララメェたちを安全な場所に避難させ、小屋へ戻るのだった。


小屋の扉を開けた途端、すぐに違和感を覚える。いつの間にか、室内の明かりが消えていた。

「はぁ……なんて綺麗な光なのでしょうか」

「そうだね、エリス。ピカピカで綺麗。ママにあげたらきっと喜んでくれるよ」

「それはとてもいいアイディアです。では、そーっと……」

暗闇の中、居間には青白い光が浮かんでいた。

小屋に残っていたエリスとエルフィが、光に向かって手を伸ばす。

「うわあ!!　ダメだあああ!!」

俺はすぐさま駆け寄って、エルフィの腕を掴んだ。

意図を察したユーリ殿が後ろからエリスを羽交い締めにし、光に触れないようにする。

その隙にアリアが明かりを点けると……青白い光の正体——白い狐の姿が露わになるのであった。

「キュキュー!?」

突然、明るくなったことにびっくりして、狐は頭を抱えた。

狐は子猫ぐらいの小さなサイズだ。大慌てでソファの下へ潜り込む。

「あれ？　ママ、帰ってきてたの？　ちょうど、ママにプレゼントがある」

どこかぼんやりしていたエルフィが、俺を見上げた。

「いやいや、それどころじゃないって。危ないところだった……」

「危ない？　なんのこと？」

「今、狐がいただろう？　あれは危険な魔獣なんだ」

「でも、とっても綺麗だった。ぼうっとキラキラ光ってて……」

それこそが、狐——ルナルクスの恐ろしいところだ。

ルナルクスは死んだ狐が月光を浴びて蘇った存在だと言われており、全身から発する青白い光はとても美しく、目にした者の心を魅了する。

そうして彼らは、光に心を奪われた獲物の魔力を涸れるまで吸い上げてしまうのだ。

一度魔力を吸い上げれば、ルナルクスは数年は生きることができる。だからこそ、獲物を捕まえようとしている光景を目にすることはなかなかないのだが……まさかエリスとエルフィが狙われるとは。

「死んだ狐……つまり、幽霊……？　あわわ……」

「おっと」

俺の説明を聞いたエリスは、目を見開いたまま気絶してしまった。

気を失った妹をユーリ殿がそっと支える。

「あんなに綺麗な光なのに……怖い……」

「魔力の吸収はあくまでも生きるためにやっていることで、ルナルクス自体は穏やかな気性なんだけどな」

とりあえずソファの下に隠れるルナルクスの前に、冷蔵庫から取り出した生肉を置いてみる。

「キュ？」

「ほら、食べていいぞ。俺の奢りだ」

ルナルクスは生肉を与えて餌付けすることもできる。夕飯で使おうと用意しておいてよかった。

「キュウキュウ!!」

そろそろと出てきたルナルクスが、小さな口で一生懸命に肉を頬張る。

「なんだか可愛いね。撫でたくなっちゃうかも」

「ルナルクスは空腹時以外は魔力を吸わないから、今なら触って大丈夫だぞ」

俺がそう言うと、アリアはルナルクスの頬に軽く触れた。ルナルクスは特に嫌がる様子もない。撫でてOKということだろう。

「キュ!!」

ルナルクスの見た目は小さく、愛らしい。この小柄な身体は、体力の消耗を抑えるために進化したからだと言われている。

あどけなくてつぶらな瞳、細くて短い脚……時折「キュプッ」と小さなげっぷを発しているが、それさえもキュートだ。

まあ、魔力を吸われなければの話だが。

「あ、見て。また青く光ってるよ」

「これは、絆の光だな」

肉を食べ終えたルナルクスがそっと近寄ってきた。俺の腕に頭を擦り付けて、親愛を示してくる。

ルナルクスが発する光と【契約】の光とはよく似ている。ただ、俺はテイマー職なので見分けがついた。

どうやら、仲間にしてほしいようだ。

「レヴィン殿、その狐を仲間にしても大丈夫なのか？　危険な存在のようだが……」

レグルスがこちらを気遣う。

「大丈夫ですよ。ルナルクスはとても大人しいですし、肉を餌として与えるなら魔力を吸われる心配もありません」

どんな魔獣にも、可愛いところと危険なところがあるものだ。

だけど、彼らの生態を理解して愛情をもって接していれば、テイマーが害されることはない。

「ルナルクスは光を発して、暗いところを照らすこともできるんです。この洞窟もかなり暗くなってきましたし、これからの探索に役に立ちそうでしょ？」

そんなわけで、俺たちは新たにルナルクス（みかづきと名付けた）を仲間にしたのだった。

◆　◆　◆

寒冷地エリアの探索を始めてから一週間。俺たちは洞窟を進み続けていた。

「うぅ……ママ、寒いよー」

猛吹雪さえへっちゃらだったエルフィが、とうとう寒がり出した。

彼女の胸元には、俺たちの光源として活躍しているルナルクス——みかづきの姿がある。

「キュ、キュー……く、苦しいよ……」

ルナルクスは寒さに強く、このような環境でも高い体温を維持することができる。そのせいか、とにかく温まりたいエルフィがぎゅっと抱きしめてくるので、みかづきは少し息苦しそうだ。

エルフィは防寒着を着ており、引き続きララメェに乗っているのだが……それでもこうなるということは、かなりの寒さであるということだ。

「そ、そそそそ、そうですね、エルフィちゃん。わ、私なんかはもう指先の感覚ががが……」

エリスはかなり限界が来ているようで、全身をララメェの毛皮に埋めている。

ちなみに、ユーリ殿もまったく同じ格好をしていた。似たもの兄妹である。

「しかし、本当に寒いなあ」

もはやトパーズとルーイの力がまったく作用しない。凄まじい寒気だ。

二人によると、何か強い力によって妨害されている……といった話だが。

「待て、レヴィン殿。向こうに何か大きなものが見えないか？」

「大きなものですか？」

レグルスの言葉に従って前を見てみると、巨大なマンモスのような魔獣が氷漬けになっていた。

人間の身長のゆうに五倍はあろうかという巨躯だ。

それを見上げ、ユーリ殿が尋ねてくる。

「ふむ。かなりの大きさのようだな。レヴィン殿、この獣が何か分かるか？」

「いえ、初めて見ます。聖獣ではなさそうですが、強い力を感じます……」

俺の直感が告げる。氷漬けになってはいるが、このマンモスは生きている。

地面を踏む足は雄々しく、曲線を描いた牙は見惚れるほどに美しい。

何より目を引くのは、その背中だ。マンモスの背には平らな陸地があり、太い木が何本も生えている。

背中に土地を背負うとは……リントヴルムを彷彿とさせる特徴だ。

「もしかして、この魔獣が異常気象の原因でしょうか？　ほら、なぜか凍っていますし、凄まじい冷気を出せるとか……」

「それだと、自分の冷気で凍ったことにならない？」

エリスの仮説を聞き、アリアが首を傾げる。

確かに、それはあまりにも間抜(まぬ)けな話だ。

「何か分かるか？　トパーズ」

トパーズは自分の力を阻(はば)む存在があると直感していた。試しに意見を聞いてみる。

「うーん。私の力を邪魔しているのは、このマンモスじゃないわ。というか、ここからさらに奥ね」

「この先に、何かいるのか？」

氷漬けのマンモスによって、奥に繋がる道は塞(ふさ)がれてしまっていた。

「そうだ。ご主人様、氷を溶かしてみませんか？」

「大丈夫か？　今のルーイはうまく力が使えないだろう？」

「それなら、私が力を貸すよ。《神聖騎士(セイクリッドナイト)》の力で、ルーイたちを強化する」

なるほど。《神聖騎士(セイクリッドナイト)》には仲間の力を向上させる能力がある。それを使えば、いつも通りの……いや、それ以上の力を発揮できるかもしれない。

かくしてトパーズとルーイ、それに火属性の性質を持つルビーも加勢して、マンモスを助ける作業が始まった。

しかし、氷は思いのほか強固だった。みんなの渾身(こんしん)の攻撃を受けても、わずかたりとも溶け出さない。

ルビーが肩を落とす。

「申し訳ございません、レヴィン様。お役に立てず……」

「いや、気にしなくて大丈夫だよ」

みんなが力を合わせても傷一つないとなると、ただの氷ではなさそうだ。

先には進めない以上、ここは都市に帰還して別の手段を探した方がいいだろう。

俺たちはこの場に転移門を残し、一度都市へ戻ることにした。

第二章

町に戻った俺たちは真っ先に、カトリーヌさんのところへ向かった。

氷の洞窟の探索は中断となったが、道中で様々な植物を採取している。

高熱を出しているというカリンさんを治療するために、それらが少しでも役に立てばいいのだが……

「まあ！　珍しい植物から、見たことないものまで……皆さん、ありがとうございます。もしかしたら、この中から解熱剤を作れるかもしれません」

診察所を訪れて採ってきた植物を渡すと、カトリーヌさんはとても喜んでくれた。

リントヴルムの背中では、古代の植生が今でも保たれている。

カトリーヌさんによれば、今回採取したものの中には、絶滅したとされていた植物も含まれているらしい。

「皆さん、ありがとうございます。これで研究が進みますので」

カトリーヌさんの隣で、スピカが深々と頭を下げた。

寒さが苦手なスピカは、都市で待機していたのだが……その間、カトリーヌさんの手伝いを引き受けていたようだ。

「データベースの復旧はどうなりましたか？」

【竜医局】を動かすため、カトリーヌさんはここ数週間、必要なデータの入力作業をしていた。

「夫とエリーゼ殿下がサポートしてくださったおかげで、わたくしが知る全ての治療術、薬学の知識を詰め込むことができました。実はその過程で、アイシャさんとカール国王に残された毒の花の後遺症と、カリンさんの謎の高熱には関連性があることが分かったんです」

「本当ですか？」

さすが、カトリーヌさんだ。この短期間で成果を上げてくれるなんて。

「実は、健康な神竜族の身体データを採るためには、スピカさんが協力してくれたんですよ。検査が続いても、スピカさんは文句一つ言わずに手伝ってくれて……」

「そんなに大変なことをしていたのか。偉いな、スピカ」

「い、いいえ。これぐらい当然ですので……！」

スピカが拳（こぶし）をギュッと握る。気合が入っているみたいだ。

母のアイシャさんを治療するために、できることを頑張っているのだろう。

「さて、今回、わたくしはスピカさんの身体を隅々（すみずみ）まで検査しました。レヴィンさんたちが戦った覇王の残滓の言い分を信じるならば、覇王とはもともと神竜族だったそうですよね？」

「確かにそんなことを言ってたよ。あいつの姿も、どこか神竜族に似ていた」

あの覇王の残滓は性格が悪そうだったから、嘘（うそ）をついている可能性もあるが。

「アイシャさんたちは、残滓がもたらす呪いで変質した花によって昏睡していました。神竜族の肉体を調べることで、治療の手掛かりが得られると思ったのですが……」

そこでカトリーヌさんが言い淀（よど）む。

「どうかしましたか？」

「あ、いいえ。アイシャさんたち、そしてカリンさんの体内で魔力が暴走していることが皆さんの不調の原因だったんです」

「魔力が暴走？」

「はい。神竜族は感情が高ぶるとより強い力を発揮しますが……その代償（だいしょう）として、激しい苦痛を感じます。これが魔力の暴走です」

そういえば、出会ったばかりの頃のスピカがそうだった。

魔族によって母のアイシャさんを人質に取られ、彼女は怒りと憎しみから暴走し、呪われた存在になっていた。

「例の毒の花は、その状態を強制的に引き起こすようなのです。スピカさんも、もしかしたら同様の処置を受けていたのかもしれません」

本当に……魔族というのは、酷いことばかり考える。

「スピカさんは大丈夫でしたが……アイシャさんとカール国王は肉体が耐えきれず、昏睡してしまったようですね」

「ちなみに、カリンさんは？　彼女は別に毒を投与されたわけじゃないですよね？」

かつて祖国のエルウィンで暗躍したドレイクは、強い力を得るために様々な魔獣、そして人を実験に供するという非道を働いた。

カリンさんはその被害者だ。魔族を憎んでいるドレイクが、覇王由来の毒に手を出すとは思えないが。

「その件ですが……息子のシリウスさんのために残された手記によれば、ドレイクという方も魔族による実験の被害を受けていたのでしょう？　彼はその過程で自らに宿った神竜の力を解析していたそうですね。どうやら自らの肉体で実験しつつ、研究を進めていたようです」

「自分の身体で……」

ドレイクの居城には凄惨な実験の痕跡が残っていた。それらは、カリンさんをはじめとする被害者に施されたものだと思っていたが、まさか己の肉体さえ材料にしていたとは。

魔族への恨みが原動力となっているのだろうが、そこまで手段を選ばないなんて……

「ドレイクは、神竜の力を人に与える技術を発見したのです。カリンさんはそれを試され、その過程で毒の花と同じ成分が混入したのでしょう」

なるほど。そこで繋がるのか。

「それで肝心の治療法は……？」

「まだ有効なものは見つかっていません……そこで、ある助っ人を頼みたいと思っておりまして」

「助っ人？」

「エルディア聖教国の巡礼癒者を竜大陸に招いてみたいのです。彼らは辺境の地を旅しており、エルディアの治療術を広める活動をしています。あちらは大陸でもっとも治療術が発展している国。膨大な知識を持つ彼らなら、必ず力になってくれるかと」

エルディア聖教国といえば、女神エルディアを奉る聖教会の総本山がある国だ。

大陸中の至るところにある聖教会には、俺たちも世話になっている。たとえば、天職を授かる【神授の儀】も聖教会で執り行われたりする。

そういう意味では、身近な存在だ。

「いいアイデアだと思う。アイシャさんたちを救うためには、協力者はいくらでも欲しいし」

「ありがとうございます。それでは、こちらで手配させていただきますね」

巡礼癒者か……どんな人が来てくれるんだろう。

◆　◆　◆

大陸中央を貫くランペトゥーザ大連峰。ここを越えて南に向かった旅人は、誰しもがその奇跡的な光景に目を奪われる。

大陸南部の大地には、天高くそびえる大樹と、空に浮かぶ不思議な島があるのだ。

そこを管理する国家こそ、この大陸で最多の信者を抱えるエルディア聖教の総本山、エルディア聖教国である。

古代の文明が遺したという遺物――昇降機を用いて島へ降り立つと、そこには壮麗なフォルトゥナ大聖堂がある。その近辺にはエルディアの政治機能の中枢である聖都庁や、大陸中の教会をまとめる教皇庁などが置かれていた。

そのフォルトゥナ大聖堂の入り口に、精悍な顔立ちの金髪の青年がやってきた。柔和な笑みを浮かべ、すれ違う者たちに礼儀正しく挨拶をする姿は、誰が見ても爽やかな印象を抱くことだろう。

「おお、ライル殿が戻られたか」

「今回は疫病に苦しむ村を救ったそうだぞ。的確な対策を指揮し、迅速に病原の特定を行ったうえで、わずか三ヶ月で治療法を確立したとか……」

「凄まじいな。さすが『医聖』と呼ばれる方だ」

近くにいた二人の司祭が青年――ライルを見つめ、小声で称賛した。

ライルは司教の地位にありながら、巡礼癒者として精力的に活動し、多くの人命を救ってきた。

ゆえに、大聖堂の職員からは尊敬を集めている。

自分について噂されているのを聞き留め、ライルは苦笑する。

「それほどのことはしていません。全ては、この地で治療術の研究を行う皆さんの支えがあってこそです。特にお二人……オルセーさんとディーンさんが共同で出された、ヘルハウンドの体内に棲む細菌に関する論文には大いに助けられました。今回はヘルハウンドに襲われた人間の、腐敗(ふはい)した死体から疫病が起こりましたからね」

「ま、まさか、僕らの論文を読んでくださったのですか？」

「もちろんです。皆さんの研究成果は、我々、巡礼癒者の一番の武器ですからね」

ライルは司祭たちに向かって深々と頭を下げ、その場を去るのだった。


ライルは、大聖堂の奥にある導(みちび)きの塔(とう)へ向かった。

塔の上階に位置するある一室が、彼の目的地だ。

「失礼いたします、アレクシス卿(きょう)」

「おお、その声はライルだな。さあ、遠慮せず入りたまえ!!」

ライルが部屋の扉を叩くと、溌剌(はつらつ)とした声で返事があった。

扉を開けた先にいるのは、筋骨隆々(きんこつりゅうりゅう)で、とても聖職者には見えないほどの偉丈夫(いじょうふ)——アレクシス。

聖教会において、教皇に次ぐ地位を持った枢機卿(すうききょう)の一人だ。

彼はライルを見てとびきりの笑みを浮かべると、ソファにかけるよう促した。

「さて、今回の巡礼はどうだった」

ソファに座ったライルに、アレクシスは尋ねた。

「情報通りでした。村人の大半は、覇王の残滓の適合者を探すための魔族による実験に使われたようです。現在、村への道は全て封鎖し、立ち入りを禁じております」

「やはりか。用いられた残滓の出どころは？」

「恐らく、セキレイのものでしょう。別の祓魔騎士が極秘にセキレイの北部を捜索したところ、魔族の一団と遭遇したそうです。すでに残滓は持ち去られた後とのことでしたが」

「随分と動きが早いな……」

二人は難しい表情を浮かべる。

巡礼癒者であるライルには、もう一つの顔がある。

彼の本職は祓魔騎士……大陸各地で暗躍する魔族を追い、滅する者なのだ。

レヴィンたちが戦ったセキレイの覇王の残滓。先の戦いで完全に消滅したかに思われていたそれは、分裂し、一部が逃げ延びていた。

「まあ、過ぎたことを悔いても仕方がない。ライルよ、ケーキは食べるか？　実は人気パティスリーの季節限定の商品が手に入ってな。一日三十個限りだぞ!!　開店の五時間前から並んでゲットしたのだ」

アレクシスがいそいそとケーキを二つ取り出し、テーブルの上に並べる。

「枢機卿ともあろう方が、暇なんですか？」

ライルはじとーっとした視線でアレクシスを睨んだ。

先程までの爽やかな態度から打って変わり、ライルの振る舞いは身内に接する時のフランクなものになる。

「ハハハ、ではいらぬか」

「そうは言ってないでしょう。いただきます」

いつの間にかライルはケーキの一つを取り、フォークを手にしていた。

「むう。手癖の悪いやつめ。拾った時から変わらんな」

「昔話はいいですから。それより、今日はなんの用です？　こんなケーキを用意しておくなんて、随分と面倒な任務でしょうが……どうせ拒否権なんてないんです。さっさと説明してください」

難しい任務を与える時、アレクシスはいつも手土産を出してくる。

その習慣を知っているため、ライルはため息をついた。

ライルはアレクシスの直属の部下だ。ゆえに、その命令には絶対服従である。

「やれやれ、もっと喜んでくれると可愛げがあるんだがな。まあいい。今回頼みたいのは、古代遺物の回収だ」

「また神竜文明の遺跡に潜れって言うんですか？　あそこは危険も多いから、骨が折れるんですけど……」

「そう言うな。魔族へ対抗する力はいくらあっても困らんからな。それに、次は遺跡ではないぞ。

目的地は空の上だからな」

「……は？」

絶句したライルを促し、アレクシスはバルコニーに向かう。

「ほら、今日はよく見えるぞ。あれをまるっと回収してきてほしい」

アレクシスが指を差した先には、大陸を背負った巨大な黒竜——リントヴルムが飛んでいた。

約一年ほど前のこと。大陸の空に、突如としてリントヴルムが現れた。

その出来事はエルウィン出身の《聖獣使い（ホーリーテイマー）》が滅んだはずの神竜の主（あるじ）となったという事実と共に、人々に衝撃を与えた。

当初は、日に日に大きくなっていく黒竜の存在を恐れる者も多かった。

しかし、《聖獣使い（ホーリーテイマー）》がエルウィンとクローニアの戦争を食い止めたこと、竜の背中を国際交流の場所にすべく腐心していることが知られると、状況が変わる。

竜の背を訪れようとする者が増え、徐々に存在が受け入れられていったのだ。

アレクシスの説明を聞き、ライルは目を剥（む）いた。

「馬鹿（ばか）なんですか？　あんなもの、どうしろと……!?」

「あの黒竜の背には都市があり、今は人が住んでいる。そこには神竜文明の様々な遺物が眠っているらしくてな。魔族に対抗するにはなくてはならない存在だ」

「遺物というか、生物の回収じゃないですか！　《聖獣使い（ホーリーテイマー）》だって許さないはずです！」

「そこをなんとか言いくるめるのがお前の仕事というわけだ。なんでも、彼の地は今、巡礼癒者を募集しているとのことでな。適任だろう？　ガハハハハ」

　つい先日、カトリーヌはエルディアに巡礼癒者の派遣を依頼していた。アレクシスはそれを利用してライルを竜の背に送り込むつもりだ。

「他人事だと思って……！」

「早起きして寝不足なので、私は昼寝をする。私の分のケーキもやるから、さっさと行ってこい」

　一方的に言い放つと、アレクシスはさっさと私室に向かい、中から鍵をかけてしまった。

「うわー……勝手すぎる……」

　無論、ライルに拒否権はない。

　それでもアレクシスの自由すぎる振る舞いに、思うところはある。

「はぁ……まず、どうやってあそこに行けばいいんだ……？」

　竜大陸に繋がる転移門はエルウィン、クローニア、セキレイの首都に置かれている。ただ、魔族を追って各地を転々としていたライルは、仕事と関係なさそうな情報に疎かった。

　途方もない任務を仰せつかり、ライルは盛大にため息をつくのであった。

　ライルが巡礼癒者として竜大陸に赴くという話はあっという間に広まった。

「ライル司教！　竜大陸に招待されたと聞きましたよ。噂ではその背に、壮麗な都が築かれているとか……」

　大聖堂の裏手に築かれた庭園にて、司祭たちがライルを取り囲む。

「私も、休暇が取れればぜひ訪れたいところです。そういえば、ご存じですか？　あの背には各国から珍品が集まる市場があるとか」

「ライル司教ほどの方を招くとは……一体どのような用件なのでしょうね」

神竜といえば、すでに滅んだとされていた種族だ。それが蘇ったと聞いて、聖職者たちも興味津々である。

「何やら治療術の専門家の知恵を借りたいとの話でして。他に適任者がいらっしゃると思うのですが……私などまだまだ若輩者ですから」

真の目的を隠しつつ、ライルは話を合わせた。

（大陸竜……神竜族の中でも特別な存在だ。我々が暮らす大陸さえも、天寿を全うした大陸竜の肉体から生み出されたなんて言い伝えがあるが……まさか、生きている姿を目にする日が来るなんて）

ライルは心の中でため息をつく。

彼に課せられた任務は、リントヴルムを捕らえ、聖教会の支配下に置くことだ。だが、あの巨躯を目にすれば、その任務がいかに困難かは子どもでも分かる。

（最近の聖教会は、魔族の活動に対して後手に回りつつある。彼らの動きが本格化する前に、神竜を取り込みたい気持ちは理解できるが……）

魔族は様々な国で暗躍している。しかし、その事実は隠されていた。かつて覇王の眷属として、人類を滅ぼそうとした彼らの存在が知られれば、民が恐怖し、混乱する……と聖教会が判断したからだ。

だが、クローニアの元宰相、ゼノンの企みが露見したことで、魔族が生き永らえていたという事実も市民たちの間に広まりつつある。

秘匿すべき情報が明らかになったことで、今、聖教会は揺れている。

竜大陸を手に入れようとしているのは、そうした失態を隠すためではないのか。

（いや、違う。僕たちの頑張りが足りていないからだ。あの忌々しい魔族たちを殲滅するためにも、今回の任務、確実に成功させなくては……）

聖教会は、古来より、いずれ復活するであろう覇王に対して、対抗策を練ってきた。

ライルの所属する祓魔騎士団もその一つである。

これは秘密裏に組織された機関で、聖教会に属する者にさえ、ほとんど知られていない。

彼らは魔族の監視と討伐を目的とし、働き続けてきた。

そして、その活動には、魔族に対抗するための古代遺物の発掘、解析も含まれている。

（でも、さすがにあれは無理がある……まさか、武力で従えるわけにもいかないし……）

空を飛ぶ巨大な神竜。その背に、どれほどの戦力が集っているのかは未知数だ。

（やはり、ここは神竜の主に交渉すべきか。当面は神竜、そしてあの地を統べているという《聖獣使い》の信頼を勝ち取りつつ、様子を探っていこう）

己に課せられた任務の厳しさを痛感しながら、ライルの仕事が始まった。

◆　◆　◆

その後、知り合いの行商人の力を借りてクローニアへ移動したライルは、首都に置かれた転移門から竜大陸に入った。

「これは……凄いな」

転移門を抜けた先に現れたのは、壮麗な広場であった。美しい噴水は陽の光を浴びてキラキラと光っており、噴射される水が見事な曲線を描く。まるで絵画のように美しい光景だ。

「この水のショー、見惚れるだろ。一昨日、改修されたんだとさ。ここは腕のいい建築家がいて、毎週のように都市の景観が変わるからねえ」

豪快に笑って、ライルをここまで連れてきた行商人——メルセデスが説明した。

「毎週……ですか？　そんな頻度で工事をするなんて、不可能ですよ。さすがに話を盛りすぎでしょう」

都市を囲む城壁は繊細できめ細かい装飾が施されている。広場の奥には立派な迎賓館がそびえ立っていた。

広場のそばにはエルウィンとクローニア、セキレイの名産を集めた市場がある。そこには様々な店が出店し、鎬を削っていた。

「神竜は一年ほど前に目覚めたと聞きますが……この短期間でこれほど立派な都市を築くと

は……って、うわあ‼」

広場を眺めるライルの目の前に、ワイバーンが舞い降りた。

頭には制帽を被っており、独特な出で立ちだ。

「おお、時間通りだね。ほら、ご注文の薬草だよ。私の伝手で集められるだけ集めたよ」

「さすがはメルセデスの姉御、山盛りでさあ！　早速、届けてきやす」

メルセデスはワイバーンの脚にくくりつけられた布袋を外して代金を受け取り、代わりに薬草の詰まった袋を結びつけた。

「ま、まさか、ここではワイバーンが配達を請け負っているのでしょうか？」

今一度周囲を見渡すと、市場のあちこちでワイバーンが荷運びをしている。

転移門を抜けて外へ向かう個体もいた。竜大陸での流通を手伝っているようだ。

「はは！　これぐらいで驚いてたらキリがないよ。ここの主は凄腕の《聖獣使い》だからね、魔獣たちの協力を取りつけられるのは当然さ。それよりもライルさん、迎賓館に荷物を預けてきたらどうだい？　竜大陸の診療所がある大聖堂に向かうそうだけど……折角だし、途中まで送ってあげよう」

メルセデスに促されて、ライルは迎賓館の受付に荷物を渡した。

広場を出ると、大通りが広がっていた。

道の脇には飲食店や宿泊所などが立ち並び、大勢の人々が行き交っている。

「メルセデスさん、あれはなんですか？」

ライルが指を差す先には、鉄の箱のような乗り物――【自走車】が停車していた。

これらにはレヴィンが新たに名前を付け、今では【魔導列車】と呼ばれている。

「ふふ。あれも神竜文明の遺物の一つでね。あれに乗れば、目的地まであっという間なのさ」

「ちなみにどれくらいでしょうか？」

「ここから大聖堂までなら……三十分で済むはずだね。大聖堂行きの魔導列車はだいたい一時間の間隔で出ているよ」

「そんなに早く……！　えっと、ここの大聖堂ってあそこに見えるとても立派な建物ですよね？」

距離にして、十数ｋｍはあるはずだ。ライルは信じられない思いである。

「さてと、私は自分の店に行かなくちゃ。ライルさん、竜大陸を楽しんでね」

「ええ、ここまでご案内いただき、ありがとうございました」

ライルはこれまでの礼を伝え、メルセデスに報酬を支払う。そして、去っていく彼女が見えなくなるまで、手を振ったのだった。

「さてと僕も……って、あれ？」

ライルが振り返ると、先程まで停車していた魔導列車が走り出していた。

「あ、待って。待ってください！　僕も乗ります!!」

乗り合い馬車であれば、こうして声をかけることで停まってくれる場合がある。

しかし、魔導列車は自動制御された鉄の塊だ。ライルの声は届かない。

あっという間に走り去っていった。

「そんな……」

ライルは思わずその場に膝をついた。

メルセデスの話によれば、次の魔導列車が来るのは一時間後だ。

「ああ……こんなところで時間を無駄にしてしまうなんて……噴水に見惚れていたのが悪かったのか？　それとも、迎賓館で荷物を預ける時にモタモタしてしまったから？　あと一分……あと一分早ければ、一時間もの損失を生まずに済んだのに……」

魔導列車を降車した者たちが、奇妙なものを見るようにライルを避けて歩いていく。

そんなことにも気付かず、彼はこれまでの行動を延々と反省していた。

ライルは何事においても、スケジュール通りに事が運ばないとむず痒さを感じるタイプであった。

「仕方ない。予定より少し早いが、ここは昼食を摂ろう。それで今回の損失はある程度カバーできるはず……」

拳を握って気合を入れ、ライルはようやく立ち上がった。

（見たところ、ここはかなり店が多い。報告によると、各国から出店の要請が殺到し、土地の奪い合いになっているとか。いささか不用心では……？）

ライルの目的は、竜大陸を聖教会の支配下に置くことである。

企みを抱える彼が言えた話ではないのだが、他国の人間が容易に入り込めるこの状況に、他人事ながら心配してしまうのであった。

「じー……」

竜大陸の在り方についてあれこれ考えていると、足元に緑色の小さな獣がやってきた。

「な、なんでしょうか？　小さな魔獣さん？」

額に赤い宝玉を持つその魔獣は、じっとライルを見つめている。

まるで何かを警戒しているような……そんな雰囲気だ。

「その額の宝玉……まさか……！」

特徴的な宝玉を見て、ライルはハッとした。

彼は可愛らしい魔獣ではない。魔獣よりも希少で、大量の魔力を蓄える幻獣――カーバンクルだ。

カーバンクルには人の心の機微を察知し、相手が善良か否か見抜くという。

一瞬動揺しかけたライルだが、そこは歴戦の祓魔騎士だ。内心を悟られないように心を閉ざす。

「僕の名前はエスメレ。このあたりを散歩していたんだけど……お兄さん、初めて見る顔だね」

これは警戒されているのだろうか。

そんな不安を押し殺し、ライルが慎重に言葉を探していると……

「……って、竜大陸には毎日のように観光客が来るんだから、当たり前か。あはははは!!」

自分で言っておきながらツボに入ったのか、エスメレは大笑いしてペシペシと自分の膝を叩いた。

カーバンクルが額に持つ宝玉は価値が高く、密猟者によく狙われる。

そのため、警戒心が強い種族であるはずなのだが……エスメレはかなり陽気な性格の個体のようだ。

ひとまず、疑われている様子はない。ライルは少し気を緩ませた。

「あなた、随分と流暢（りゅうちょう）に人間の言葉を話しますね。かなり腕のいいテイマーと契約しているのでは？」

「そうなんだよ。何せ僕のご主人様は一流のテイマーだからね。こうして人とコミュニケーションを取るのも朝飯前（あさめしまえ）さ！　もうすぐお昼時だけどね。あははは‼」

　愉快そうにエスメレが笑う。

「あ、そうだ。君、これからお昼なんでしょ？　いいお店を紹介してあげるよ」

「お店……ですか？　カーバンクルが勧めるお店というのは、確かに興味がありますね」

　笑みを浮かべて答え、ライルは考える。

（彼が腕の立つテイマーと契約しているのなら……テイマー同士の繋がりで、《聖獣使い（ホーリーテイマー）》にも会えるかもしれない）

　わずかな打算もありつつ、ライルはエスメレの案内に従うことにした。


　エスメレが向かったのは、小粋（こいき）な雰囲気のバーであった。

「『フィルミィのはちみつバー』……一体、ここはどういうお店なんです？」

「ただのバーだよ。僕のご主人様たちがやってるんだ」

　テイマーがバーを？

　怪訝（けげん）に思いつつ、ライルは店の中へ入ってみる。

　その瞬間、勢いよく蒸気（じょうき）のようなものが噴射されて、エスメレとライルの身体を包んだ。

「うわっ⁉　こ、これは一体？」

「分からない。でも、この店に入るときは、必ずこれを浴びなきゃいけないんだって。結構気持ちいいよね」

「ま、まあ、確かに？」

なんだかひんやりとしていて、心が落ち着く香りもする。

蒸気に触れた肌は不思議な爽快感があった。

「あら、いらっしゃい……って、エスメレ？　まさか、お客様を連れてきてくれたのかしら？」

出迎えたのは、蝶のような緑色の四枚羽を生やした少女だった。

「ほう。ここは、妖精が営むバーなのですね？」

「そうよ、お客様。私はフィルミィミィ。ここのオーナー兼ママよ！」

「マ、ママですか……」

妖精である以上、実際にはかなりの長命なのだろうが……フィルミィミィの見た目は幼い女の子だ。

そんな子がカウンターに立っている光景に、ライルはなんとも言い難い感情を抱いた。

「ママ！　僕にアイスミルクを頼むよ。ロックでね」

ひときわ高いカウンター席にエスメレが飛び乗り、気取ったように指を鳴らして注文した。

「エスメレ、ここはバーよ。お酒を呑むところ」

「でも僕、アルコールは苦手だし……もしかしてないの？」

「いや、あるよ。エスメレ」

客が来た気配を察してか、店の奥から茶色い髪の青年——レヴィンが現れた。

レヴィンはエスメレのオーダーを受けて、グラスに丸くカットした氷を投入する。

そして、シェーカーにミルクを注ぐと、慣れた手つきでそれを振り始めた。小気味いい音を立てた後、別のグラスにミルクを注いで持ち手のねじれたスプーンを添える。

「こちら、アイスミルクのロックです」

氷の入ったグラスに泡立ったミルクを注ぎ、レヴィンはエスメレの前に差し出した。

「うわあ！　凄いや、ご主人様！　これで僕もこのバーの常連かな」

（ただのミルクを入れるだけなんだから、大げさな手順を踏む必要はなかったのでは……？）

エスメレはたいそう喜んでいるところを見るに、対応としては正解だったのだろう。

疑問を抱きつつ、口には出さないライルだった。

「さてと、この極上の一杯を味わうとしようかな」

自らの身体より大きいグラスを両手で引き寄せて、エスメレがちろちろとミルクを舐め始める。

形から入るタイプのわりに、随分と可愛らしい飲み方だった。

「えっと……幻獣と同じカウンターで飲食しても大丈夫なのでしょうか？」

衛生面を考えれば、飲食店に獣が立ち入るのは望ましくないはずだ。

「ああ、それなら大丈夫ですよ。入店前に浴びていただいた蒸気……実は、衛生魔法と呼ばれるものので、殺菌効果があるんです」

「衛生魔法……ですか？　まさか、そんなものが開発されているとは……」

レヴィンの説明を聞き、ライルは唾を呑んだ。

「祭服を着ていらっしゃるから……お客様は聖職者の方ですわよね。やはり、こういう魔法には興味があるのかしら？」

「ええ、もちろんです！」

フィルミィミィが確認すると、ライルは勢いよく頷く。

「殺菌効果のある魔法というのは、画期的ですよ！　魔導具の技術を用いて、綺麗な水が提供できるようになってからというもの、多くの国で手洗いが習慣化されました。その結果、伝染病の流行回数は目に見えて減少したのです！　衛生魔法なる技術が広まれば、病気に苦しむ人はさらに減るでしょう……ああ、私もぜひ習得したいです……！」

ライルは興奮したように早口でまくし立てた。

祓魔騎士としての任につく一方で、ライルは巡礼癒者としても活動している。そんな彼にとって、衛生魔法はとても心惹かれるものであった。

「そんなに、凄い魔法だったのか……？　それなら、あとで診療所に行くといいかもしれません。この魔法は神竜文明の遺産ですが、それを実用化したのは猩々の治癒術士ですから」

「おお、そうだったんですね。ちょうど診療所に用事があったんです。まさに渡りに船です」

「いやあ、ご主人様とお兄さん、随分と盛り上がってるけど……お昼ご飯はいいのかい？　ここは一応バーだからね、何か注文しないと」

エスメレの言葉でライルが我に返る。

彼の言う通り、飲食店に来ておきながら注文もせず、雑談にのみ興(きょう)じるというのも失礼な話だ。

「そうですね。勤務中(きんむちゅう)ですからお酒は呑めませんが、料理とソフトドリンクをいただくとしましょう。何かおすすめはありますか？　初めての店では、なるべくその店の看板(かんばん)メニューをいただきたいと思っておりまして」

「おお、それは素晴(すば)らしい考えだと思います！　看板商品を味わえば、店のこだわりを最も理解できますから」

レヴィンがライルの言葉に共感を示した。

フィルミィミィはそっと口を挟む。

「でも、このお店に看板メニューという概念はありませんわよ。メニューはしょっちゅう変わりますし」

「変わるというか……フィルミィミィが気まぐれであれを作ろう、これを作ろうって提案するから、恒常的に出せる料理がないだけなんだが……」

「【契約(ティム)】した従魔の要望には、応えてこその主でしょう？」

「それはそう……そうかな？」

レヴィンが首を傾げる。

「えっと、すみません。私のわがままでお手間を……」

「いえ、看板メニューはないですが、おすすめはあります。今、オーナーがドハマリしてる一品なんです。すぐにご用意しますね」

レヴィンはカウンターの奥に引っ込んだ。早速、調理を開始したようだ。

何を作っているのかは分からないものの、包丁のトントンという小気味いい音や、肉が焼ける香りがカウンターまで届いてくる。

「グオオオオオオオ!!」

「うわっ、な、なんですか？　今の声は？」

調理音に交じって、断末魔（だんまつま）の叫びのようなものが聞こえてきた。ただ、フィルミィとエスメレはニヤニヤするばかりで、ライルの質問に答えない。

しばらくすると、レヴィンは皿に盛った料理を持ってきた。

「これは……パンとハンバーグ？」

「ええ。お客さんはハンバーガーという料理をご存知ですか？」

「初めて聞きますね」

肉厚でジューシーそうなハンバーグ。それがたっぷりのソースと野菜と一緒に、丸パンで挟まれている。

なかなか食欲がそそられる見た目だ。

「クローニアのとある地方で食べられている料理なんです。スパイスは俺がアレンジしたオリジナルですが……ナイフとフォークでお召し上がりください」

レヴィンに促されるまま、ライルはナイフを取った。

「おお！　これは！」

パンは軽くナイフを当てると、プルンッとした弾力を感じるほどにフワフワであった。

そこからゆっくりとナイフを引く。切り分けたハンバーガーをフォークで持ち上げ、ライルは口に運んだ。

「んん〜〜〜！！！」

ライルが悶絶する。そして黙々とハンバーガーを食べ進めた。

時折、幸せそうに頬を押さえつつ、彼はあっという間に料理を完食したのだった。

「はぁ……とても幸せな味わいでした……」

蕩けたような表情を浮かべ、ライルはボロボロのメモ帳を取り出した。

『ハンバーガー……肉を挟むパンはとてもふっくらした優しい舌触り。ボリューミーなハンバーグは噛む度に肉汁が弾け、圧倒的な肉の旨味が押し寄せる。とろっとしたチーズと混ざった味わいは至福。食欲をそそる独特な香りからはハーブとガーリックを感じた』

どうやら、ライルはハンバーガーを食した感想を書き連ねているようだ。

「えっと……もしかして、家で再現するおつもりで？」

レヴィンが尋ねると、とんでもないと言わんばかりにライルは手を振った。

「私、昔から料理はからっきしで……これはただの記録、日記のようなものです。日々の出来事を忘れないように、美しい景色、心躍る音楽、胸が温かくなる美食の数々をここに書き残しているのです」

これは、もう十年近く続けているライルの習慣だ。

とある事情で故郷の村を離れてからというもの、ライルはずっと記録を取り続けている。

ボロボロの手帳は、その頃から使い続けているものだ。

「この料理に使われていたレタスとトマト、そしてソースのハニーマスタードはなんでしょうか？　野菜は今まで僕が食べてきたものよりもずっとみずみずしくて、ソースは肉の旨味を何倍にも高める絶妙な甘辛さで……それに、なんだか身体に力がみなぎってくるような心地がします」

「ああ。実はこのハンバーガーの食材は、竜大陸で採れた特別なものなんです」

そう言うとレヴィンはカウンターの奥に引っ込み、野菜を入れた籠を持ってきた。

そしてトングを使い、籠の中からトマトを摘まみ上げる。

大ぶりのそのトマトは、驚くべきことに青白い炎を纏っていた。

「俺たちが暮らしている大陸を背負う神竜……リントヴルムは、定期的に鱗が生え変わるんです。抜けた鱗は砕け散り、風に乗って竜大陸に降り注ぎます。どうやら、そこには特別な栄養素が含まれているみたいで……鱗を肥料代わりにした野菜は、まれに特別なものに育つんです」

レヴィンは籠を持ち上げ、ライルに中身を見せた。

その中には手足を縛られたレタスが入っていた。

何を馬鹿なとライルが目をこするが……見間違いではない。手足の生えたレタスがストックされているのだ。

「驚きますよね。俺も慣れないんですけど……変異したレタスはこうして手足が生えて動き出すんです。食べ頃になると普通のレタスに戻ります。こっちのトマトは神竜の吐くブレスで燃やさないと熟さないので栽培が手間ですが、食べると疲れが吹き飛びます」

「ソースに使われてる蜂蜜とマスタードは、わたくしたち妖精が作り出したものですの」

得意げな顔をしてフィルミィミィは腰に手を当てた。

「さすが竜大陸……常識外れですね……」

ライルが素直に驚いていると、店の中に新たな客が入ってきた。

「失礼する。フィルミィミィ、いつものをお願いできないだろうか」

「はい、どうぞ」

銀髪の身なりがよい青年――ゼクスの前に置かれたのは、しゅわしゅわとした黄色いドリンクだ。

「うむ。終わらない仕事が無数にある時は、この一杯に限るな」

ゼクスはぐいっとそれを飲み干すと、叫んだ。

「くぅ～～～～～～～!!　あの貴族どもはなんなんだ!!　私が新米の王だと見くびって、やれ『王としての自覚が足りていない』だとか、『未熟な王では民が不安だ』とか……やつらにそんなことを言う資格があるのか？　先王に代わって、数々の国務をこなしてきた私を責める資格が!?　少し前まで、父上に貢ぎ物をしては不正を見逃してもらっていたくせに！　自領の民に重税を課して、散々苦しめてきたではないか!!　今さら、エルウィンを憂うる忠臣を装ってもバレバレだぞ!!」

ゼクスが頭を掻きむしる。

「クッ……面と向かって言ってやれないのがもどかしい……！」

「お〜、よしよし。ゼクスちゃんは毎日頑張って偉いですわね〜」

ゼクスはフィルミィミィに頭を撫でられ、涙を流した。その隙にレヴィンがハンバーガーを用意し、カウンターに置く。

ひとしきり愚痴を吐いたゼクスは手早く昼食を済ませ、店を去っていった。

「えっと……今、とんでもない人が来ていたような……」

呆然と店の扉を見つめ、ライルは困惑する。

記憶が確かなら、彼はエルウィンの現国王であるはずだ。

「他人のそら似ですよ」

レヴィンが目をそらして答えたが、ライルの追及の手は緩まない。

「真っ昼間からエールを呑んでいませんでしたか？」

「妖精族の蜂蜜を混ぜた、エール風のソフトドリンクです。飲むと頭がスッキリして、嫌な感情が吹き飛ぶ効果があります」

「食事を楽しむというより、愚痴を吐くのが目的というか……オーナーに慰められに来たように見えましたけど」

「……隠していた本音を思いきり吐き出すのも、時には大切ですから」

あまり触れない方がいい話題なのかもしれない……とライルは察した。

「食材を運んできたぞ」

入れ替わるように、オーバーオールを着た恰幅のよい男性がやってきた。

つばの広い麦わら帽子を被り、肩にはタオルをかけている。いかにも農家といったファッションだ。

「っ!?」

ライルはその男の顔を見て、声にならない悲鳴を上げた。

それは先代のエルウィン国王――ドルカスであった。

「いつもありがとう、ドルカス。さっきまであなたの息子がいたけど……」

「それがどうした?」

「そろそろ顔を見せてもいいんじゃないか?」

「どの面を下げて、会えというのだ!!」

レヴィンとドルカスが親しげに話しているが、ライルは状況が分からないでいる。

ドルカスは悪政で国を混乱させ、クローニアとの戦争を引き起こした愚王だ。それがなぜ、このようなところに?

ライルが混乱している間も、レヴィンとドルカスの会話は続く。

「でも、仮にも父親だし」

「ワシに誰かの父を名乗る資格などない。こうして、汗水を流しながら働いてみて、己の器がいかに狭かったのか、嫌と言うほど思い知らされた」

頑として譲らないドルカスを見て、フィルミィがレヴィンに囁く。

「ねえ、ご主人様。彼にもさっきのドリンクを飲ませてあげるのはどうかしら? お酒というわけじゃないけど、雰囲気を味わえば彼も本心を教えてくれるはずよ」

「確かに……」

レヴィンはドルカスをカウンターに座らせると、ハニーエール（ノンアルコール）を提供した。

「ぷはああああああああ!!　五臓六腑に沁みわたる味わいじゃ!!」

ドリンクの爽やかな口当たりに気分が盛り上がったのか、ドルカスが思いの丈を語りはじめる。

「ワシは、王としては凡才であった」

「凡才どころの話じゃなかったような」

「分かっておる！　いきなり話の腰を折らないでくれ！」

レヴィンが混ぜっ返すと、ドルカスは叫んだ。

「とにかく、ワシは昔から人々に認められたいと思っておった。王となって最初の数年こそはよき政を行おうと努力したつもりだが……すぐに己に為政者としての素質がないことに気が付いた。それからというもの、ワシは、人々の注目を集めるために政治を利用し始めた。税金で立派な城を建てたり、派手な催事を行ったり、ワシを模した銅像を百二十体ほど建てたり……ついにはクローニアに攻め入り、領土を掠め取ろうとした」

絵に書いたような愚王っぷりである。

（第一、そんなに銅像はいらないだろう！）

ライルは呆れ気味に心の中で突っ込んだ。

レヴィンが遠い目をする。

「ああ……そういえば、王都や街道でよくドルカスの銅像を見かけるなと思ってたなあ……」

「ゼクスはワシに似ず、才覚に溢れていた。周囲はあやつを褒め、次代の王にと推挙した。ワシは己の存在意義が分からなくなった。臣下たちは父の功績を称え、ゼクスに期待する。ワシだけが無視されていると感じた。ワシが作った銅像の数は七百を超えた」

（さすがに銅像を建てすぎでは⁉）

　銅像に埋め尽くされたエルウィンを想像し、ライルはげんなりする。

「民たちから称賛を得たいのならば、ワシは民のための政を行うべきであった。じゃが、ワシはどこまでも己のことしか頭になかった。それどころか、ゼクスにわざと困難で危険な任務を与え続けた。死んでほしかったわけではない。だが、心のどこかであやつが失敗をし、ワシのように落ちぶれることを望んでいた」

「どう思う、フィルミィ？」

「控えめに言って最低ですわね」

「そうだ……ワシは最低の男なのだ……」

　ドルカスは席を立ち、膝を折って床にうずくまる。

「お前とアリア・レムス……Ｓ級天職持ちが田舎から二人も出たと知った時、ワシは歓喜した。これほどの才ある者を引き当てるとは、ワシには天運がある。これからは何もかもうまくいくに違いないのだと確信したのだ！」

「本当に何を言っているんだろう」

「見事に勘違いしていますわね」

「ワシは民たちに重税を課し、クローニアとの戦争を本格化させるに至った。これなら勝てる、恐れるものなど何もないと！　そのために、お前たちを大いに苦しめた。本当にすまなかった」

ドルカスは心からの謝意を示し、レヴィンに向かって土下座（どげざ）した。

「えっと……フィルミィミィ、君たちが作る蜂蜜には、人を改心させる効果があるのか？」

レヴィンが尋ねると、フィルミィミィは首を横に振った。

「それほどの力はありませんわ。気持ちをほぐし、スッキリさせる程度です」

「それじゃあ、これがドルカスの本心なのか……」

レヴィンはドルカスに近づき、そっと肩を叩いた。

「ドルカス、誠意は伝わったよ。ただ……あなたの行ってきたことは重罪だ。それに、俺はまだ卵だったエルフィを殺されそうになったこと、決して許せそうにない」

レヴィンの表情は険しい。

自らが召喚した娘のような存在を手にかけられそうになった事実は、彼にとって重かった。

「ワシとて許されようとは思っていない。謝罪もお前にのみしているわけではないのだ。アリアやワシがドレイクと共謀（きょうぼう）したばかりに人体実験の被害にあった者たち……皆に、謝ろうと思っておる。今は自らの罪と向き合い、新たな使命――竜大陸で採れる特別な野菜の研究を続けるつもりだ」

完全に丸く収まったというわけではないものの、かつて敵対したレヴィンとドルカスの間には、前向きな雰囲気があった。

「竜大陸の野菜が変異すること、そしてその原因がリントヴルムの鱗にあることを発見したのは、ドルカスだろ？　それについては、本当に凄いと思ってる。こうしてこのバーで美味しい食べ物が出せるのは、あなたのおかげだ。ありがとう」

「レヴィン……」

　それは、愚王と呼ばれたドルカスが、初めて人から認められた瞬間だった。

「元陛下、私は感動しておりますぞ……」

　涙声と共に、凄まじい巨漢が身をかがめて店の扉をくぐってきた。

「ギデオン!?　来てたのか？」

「ええ、レヴィン殿。野菜を届けるだけのはずがなかなか帰ってこないので、てっきりサボっているのかと思いましたが……そうですか。ついにレヴィン殿に謝罪を……」

　ギデオンの言葉に、ドルカスが目を伏せる。

「難しいものだな。信頼を勝ち得るというのは」

「そう学べただけでも、大きな収穫でしょう。脛に傷を持つ者同士、今後も贖罪を続けましょう」

　ギデオンは、かつてドルカスのもとで働いていたテイマー長だ。保身から自らの失敗を隠そうとし、国を追放された過去がある。

「うむ……そうだ。実は、このリントヴルムの大地を潤す要素が彼の鱗以外にもあるようでな。今後は、その新たな要素がなんなのか探るつもりだ。《農家》の天職を持つ者として、ワシは必ず答えを見つけてみせる。ギデオンよ、手伝ってくれるか？」

「もちろんです。この大陸の食を豊かにできるかは、我々の手にかかっておりますからな」

二人の老人は晴れやかな表情でバーを去っていった。

「なんだか、凄いものを見てしまった気分です。まさか、あのドルカス殿が……」

ドルカスの悪名は周辺諸国にも轟いていた。ライルはまだ信じられない思いだ。

（それにしても、レヴィンと呼ばれた彼はＳ級天職持ちなのか？　エルヴィンの前王であるドルカス殿と面識があり、カーバンクルや妖精と契約するほどのテイマー……まさか……）

ある確信をもって、ライルが口を開こうとした時だった。

「レヴィン」

ゼクスがバーに戻ってきた。

「あれ、ゼクス？　どうしたんだ？　公務に戻ったんじゃ……」

「忘れ物をしてしまったのだが、どうも入りづらい雰囲気だったのでな。外で隠れていた」

「ああ……もしかして、聞こえていたか？」

「まあ、そうだな……」

ゼクスは決まりが悪そうに頬を掻く。

「あの父上が改心するとは驚きだ。私に対して、情があったこともな。レヴィンとフィルミィミィ殿、そしてギデオンには感謝せねばな」

「俺とフィルミィミィはドリンクを飲ませただけなんだけど……」

「それでも、だ。きっかけがなければ、あのような言葉は聞けなかっただろう。父上の天職は聞いたことがなかったが《農家》だったんだな……」

「王族に生まれた者の天職が《農家》ってことで、いろいろと陰口も叩かれたんだろうな。全てを失って、結果的にここで農業に従事することになったのはよかったのかもしれないな」

「そうだな」

ゼクスが目を閉じてため息をつく。表情からは、彼の感情は窺いしれない。

だが、少なくとも呆れているわけではなさそうだ。

「そうだ、レヴィン。今日は例の巡礼癒者が来る日だそうだが、ここにいていいのか？　竜大陸の主として、挨拶をするという話だっただろう？」

「ああ、そうそう。昼すぎには大聖堂へ来てくれるって話だったから、次の魔導列車で向かおうと思ってて。どんな人なんだろうなあ」

「いや……そちらの男性ではないのか？」

「え……？」

レヴィンがライルをまじまじと見る。

「えっと……名乗り遅れましたが、私は巡礼癒者のライルと申します。やはり、あなたは《聖獣使い》の……」

「は、はい。レヴィン・エクエスです。一応、竜大陸の主？　をやっています」

こうして、ライルはレヴィンと巡り合ったのであった。

◆◆◆

バーをフィルミィミィに任せて、俺は診療所へ向かった。待っていたカトリーヌさんにライルさんを紹介する。

カトリーヌさんが淑やかにお辞儀をした。

「ライルさんのご高名は聞き及んでおります。まさか、あなたのように優秀な方が来てくださるなんて……」

「いえいえ、私など若輩者で……」

「とんでもありません！　先日も東のヴォルタリアで疫病に苦しむ村を救ったとか。ライルさんの迅速な対処で、犠牲者はわずかだったと聞きましたよ」

「いえ……救援に入るのが、遅すぎたぐらいですよ。もっと早く対処できていれば、あんなことには……」

ライルさんがグッと拳を握った。

巡礼癒者として、一人の犠牲者も許さない。そういう使命感の表れだろうか。

彼の表情からは鬼気迫ったものを感じる。なんというか、強い怒りや悔しさ、焦燥感があるような……？

「そうですね……人の命の犠牲にわずかも何もないでしょう。不適切な言葉でした」

「あ、いえいえ、カトリーヌさんを責めているわけではありません！　ただ、自分の不甲斐なさを悔いているだけでして……それよりも、本題に入りましょうか。何やら、竜大陸に生える大樹について相談があるとか」

俺はライルさんに竜大陸に加護を与える神樹について説明した。

続けて、カトリーヌさんが現在の状況を手短に話す。アイシャさんたちの後遺症や、なかなか熱が下がらないカリンさんの置かれている状況……そして、セキレイに残された呪いを完全に浄化するためのヒントが神樹の新機能【竜医局】にあるかもしれないことを。

【竜医局】の力を十全に発揮するためには、より多くの治療術、薬学の知識を神樹に入力しなければならない。

「なるほど。まったく想像がつきませんが、神樹の力があれば毒や病気の解析、調薬などをスムーズに行えると……」

「そうなんです。たとえばですが……レヴィンさん、ここに立ってみてください」

カトリーヌさんに促されるまま、俺は指定された場所に立つ。

――健康診断を開始します。

「う、うわっ!?　一体なんだ!?」

無機質な音声と共に、たくさんの青白い光の輪っかが俺の身体を包み、上下に動き出した。

まるで俺の身体を検査しているかのような動きだ。

――氏名、レヴィン・エクエス。身長、171cm。体重、61kg。血圧、脈拍共に異常なし。健康上の問題は発見されませんでした。健康診断を終了します。

「え、えっと、カトリーヌさん。今のは……？」

「これまでに入力した情報を元に、レヴィンさんの身体が健康か調べさせていただきました。健康なようで、何よりです！」

「そうなんですね。次は、あらかじめ言ってくれると助かります……」

突然のことでかなり驚いてしまった。カトリーヌさんがいたずらっぽい笑みを浮かべる。

「す、凄い……」

俺が戸惑っている隣で、ライルさんは今の光景に猛烈に感動していた。

「カトリーヌさん、これは素晴らしい技術ですよ……まさか、一瞬で健康診断が行えるなんて！これ、検査項目はいくつあるんですか？　正確さはどれくらいですか？　ぜひお教えいただければ――」

興奮した様子のライルさんがカトリーヌさんに近寄り、手を取った。

すると……

「駄目です、駄目です。駄目駄目駄目駄目駄目！　そこの人！　気安く僕の愛する人に触らないでください。彼女がいくら魅力的でも、いきなり手を握るのはいけません」

どこからともなく現れたアーガスが凄まじい勢いで二人の間に割って入り、ライルさんを引き剥がす。

「えっと、あなたは……？」

「僕はアーガス。カトリーヌの夫です」

「夫……？」

ライルさんが目を丸くした。

俺はすっかり慣れてしまっていたが……よくよく考えたら、人と猩々が結ばれるというのは、常識では考えられないことだろう。

ライルさんが呆気にとられるのも無理はない。

「……そうですか。それは失礼いたしました。ご結婚なされていたんですね。一聖職者として、私も祝福させていただきます！」

しばらく考えた後、ライルさんは朗らかに言って拍手した。

「え、あ、ありがとうございます……？」

「興奮していたとはいえ、女性に対して不躾な行いでした。申し訳ありません、アーガスさん」

「いえいえ、分かってもらえればいいのです」

ライルさんの善意に満ちた言葉に、アーガスは毒気を抜かれたようだ。

「あの、アーガス、そろそろ話に戻りたいんだが……」

「あ、すみません。レヴィンさん」

アーガスが謝り、カトリーヌさんの隣に立つ。

そしてカトリーヌさんが口を開いた。

「今の健康診断……通称、健診（けんしん）についてですが、まだまだ研究中の機能でして……ただ、わたくしやアーガス、ここに住む神竜族や様々な魔獣のデータを入力して、実験してみたのです。その結果、かなり高い精度の検査が一瞬で行えることが分かりました。【竜医局】にはこうした医学的な分野の技術が搭載（とうさい）されています。ライルさんにはぜひ、エルディアで蓄積（ちくせき）された治療術の知識を、この神樹に入力していただきたいのです」

今の最大の課題は、アイシャさんとカール国王、カリンさんを苦しめている魔力の暴走の解決と、セキレイに残った呪いの完全な浄化だ。

そのためにも、より正確で膨大な知識が必要らしい。

ライルさんはますます神樹に興味を持ったみたいだ。

「これほどの恩恵が、竜大陸でしか受けられないというのは、とてももどかしいですが……治療術に携（たずさ）わる者として、この神樹の可能性をもっと見てみたいと思っています。こちらこそ、ぜひ協力させてください！」

「ありがとうございます。もちろん報酬はしっかりと支払いますので」

ちらっとカトリーヌさんがこちらを見る。

支払いならまったく問題ない。現在、竜大陸はかなりのお金の蓄えがあった。

というのも、ここでは基本的に自給自足をしているため、支出が少ないのだ。

その一方で、収入は多い。市場に出店している店からテナント料を徴収できるし、猩々たちのテーマパークや海エリアの海底ホテルを訪れる観光客がこの地にお金を落としてくれているからだ。

そこで今回、俺はその蓄えをエルディアへの依頼に使うことにした。

彼の国の知見が得られれば、様々な病気に対応できる。竜大陸で暮らす皆も、健康に過ごせるだろう。

「その……報酬については、辞退させてください」

ところが、ライルさんはお金の受け取りを拒(こば)んだ。

「えっと、それはどうしてでしょうか？　わたくしたちとしても、協力をお願いする以上はお礼をしたいのですが……」

「そうですね……正直に言いますと、我々、聖教会の人間としましては、金銭よりも、神樹を通して得られる恩恵の方に魅力を感じているのです。各国の聖教会では無償(むしょう)で治療術を提供していますが、昼夜を問わずたくさんの人が来るので、人手が足りない状況です。加えて、聖教会がないような辺境の地では、助けを求めても治療を受けられない人が大勢います。報酬はいりませんので、代わりに【竜医局】の力を地上でもお借りできませんか？」

なるほど。ライルさんは金銭的な報酬より、医療体制(いりょうたいせい)の発展を望んでいるのか。

「レヴィンさん、いかがいたしましょうか？　ここは、わたくしよりもリントヴルムさんの主である、レヴィンさんが決められた方がよさそうです」

「俺……ですか」

確かに、リントヴルムと契約してるのは俺なので、当然の話ではあるが……

「率直に言うと、ライルさんの提案に対して、どこまで力になれるかは俺も分からないんです」

「それはなぜでしょうか？」

「神樹の加護が俺たちにとっても未知数だからです。【竜医局】の力が解放されたのは最近だし、地上の国にこの機能を普及できるかは分からなくて……」

神樹の機能……都市管理機能のコマンドの一部には、地上に下りると使えなくなるものがある。すべてのコマンドが使えるのは、ここセキレイといった大陸竜の上だけだ。

転移門は地上のどこでも設置可能なので、それを利用する手もあるが……どうやらあれは、設置できる数が限られているようなのだ。

大陸中に置くことはとてもできそうにない。

「ということは、力をお借りするのは難しいということでしょうか……」

「あ、いえ、俺としてはライルさんの提案に賛成なんです。神竜文明の技術がみんなの健康の役に立つなら何よりなんですが、確かなことは言えなくて……代案になりますが、まずはエルディアに転移門を置いてみるのはどうでしょう。置ける数が限られているので、お試しで一つからですが……」

転移門一つではライルさんの理想の実現は難しい。期待には添えないだろう。

「おお！　それはありがたいです！　エルディアでは比較的、健康診断という文化が根付いています。病気の早期発見は、人々の健康を守るうえでとても大切ですから。一部の地域であるとはいえ、神樹の力でそれが迅速かつ正確に行えるのであれば、これほど嬉しいことはありません」

しかし、俺の予想に反して好意的な反応が返ってきた。

ライルさんが早口でまくし立てる。言葉の端々から、心の底からの喜びを感じた。

「えっと……転移門一つで、対価として釣り合いますか？」

「もちろんです！　むしろ、これほどの恩恵を快く提供いただけるなんて、感謝の極みです‼」

どうやら交渉成立みたいだ。

そういうわけで、リントヴルムはエルディアとも協力体制を築くことになったのだった。

◆　◆　◆

ライルさんがリントヴルムの背に来た次の日のこと。

俺は竜大陸の北――寒冷地エリアの探索中に見つけた氷漬けのマンモスについて、彼に相談してみることにした。

「いくら燃やしても溶けない氷……ですか？　確かに、氷の中に対象を封印する呪いは、存在しますね」

「ライルさん、それを解呪できませんか？」

「心得はありますが……呪いをかけた者の力量次第でしょうか。ひとまず、その氷漬けのマンモスとやらを見せていただいてもいいですか？」

ライルさんと先日探索したメンバーを引き連れて、俺は再びマンモスのところへ向かった。

氷の洞窟の中には、相変わらず、先を塞ぐようにしてマンモスが鎮座（ちんざ）していた。

「ふむ。凄まじい魔力量ですね。これほどの巨体を凍りつかせるなんて、並の術者では……いや、そもそも人間には無理でしょうね」

「じゃあ、一体誰が？」

「呪いはとても単純な術式で構成されています。恐らく、呪いをかけたのは膨大な魔力を持っているものの、まだ幼い子どもの魔獣……といったところでしょうか。マンモスの大きさに驚いて、防衛本能から呪いをかけてしまったのかもしれませんね。幸いにして、これならなんとかできそうです」

ライルさんの説明は理路整然（りろせいぜん）としていて、とても分かりやすい。

一目見てこれほどの分析ができるなんて、素晴らしい観察眼（かんさつがん）だ。

「ただ、術者の魔力量が私より圧倒的に多そうなので、解呪には時間がかかりますね……」

「あ、それなら、私の力で……」

アリアが大盾を召喚し、指を組んで祈（いの）る。

《神聖騎士（セイクリッドナイト）》は味方の力を大幅に底上げする。これなら、ライルさんの解呪もスムーズに進むだろう。

「おお、これは《神聖騎士（セイクリッドナイト）》の……？　凄い。力がみなぎってきます。これなら……」

ライルさんが集中すると、程なくしてマンモスの氷が溶け去った。

「ぎゅう……」

ずっと氷の中にいたからか、マンモスはその場に倒れ込んでしまった。

意識はあるようだが……その表情は苦しそうで、衰弱しきっているようだ。

「身体がかなり冷たい。これほどの巨体だからこそ、長期間氷漬けにされても耐えられたんだろうけど……まずは身体を温めないと」

氷の洞窟の先に何があるのかは気になるが、マンモスを放っておくわけにはいかない。

俺は神樹の機能を使って、マンモスの周りに即席の小屋を作り、暖房器具を用意する。

そして【製造】でたくさんの毛布を作ると、彼の身体を包んでいく。

その様子をライルさんが横から覗き込んできた。

「低体温症ですか……心停止が怖いところですが……」

「そうですね。今のところは大丈夫そうですけど、しっかり診てあげないと」

とにかく身体の芯から温まるように手を尽くそう。


俺たちは懸命にマンモスの看病をした。

濡れた身体を乾かし、暖房を稼働させ……さらにマンモスを温めるため、俺は温かいスープを作った。

「う……おいしそう……」

ぐつぐつとスープを煮込んでいると、涎を垂らしたエルフィが覗いてきた。

「エルフィ、これはマンモスのご飯だからな。エルフィの分はあとで作ってあげるから」

「わ、分かってる。ちゃんと我慢できる」

「よしよし、偉いぞ」

一般的にマンモス……象は草食だ。その巨体を維持するために、大量の牧草と水を必要とする。

そういった象の中には、塩分を摂取すべく、時折、岩や土を舐めるものもいるらしい。

だから、このスープにはしっかり味付けをする。

トマトとキャベツ、じゃがいもに玉ねぎ。様々な野菜を煮込み、塩を加えて味を調えていく。

マンモス用のミネストローネの完成だ。

「ほら、たっぷりお食べ。身体が温まるぞ」

大きなおたまでスープをすくい取り、マンモスの口元に運ぶ。

敵意がないことを示すために、俺は彼の頭を撫でた。

「ぎゅう……」

つらそうな表情を浮かべながら、マンモスはなんとかスープを口にした。

「よかった。食べる元気はあるみたいだ」

しばらく何も食べてなかっただろうし、何回かに分けて栄養を摂ってもらおう。

◆　◆　◆

「ぎゅ！　ぎゅ！」

丸一日ほど看病をすると、マンモスはゆっくりと立ち上がった。

彼が立った拍子に小屋が壊れ、危うく下敷きになるところだったが……これも元気の証だろう。

マンモスの様子をエリスがしげしげ眺める。

「私、こんな魔獣を初めて見ました……レヴィンさんはご存知ですか？」

「それがまったく分からないんだ。もしかしたら、リントヴルムの背中に棲む固有の種かもしれない。魔獣というよりは、幻獣に近いのかも」

女神に遣わされた聖獣としてのオーラは感じない。ただ、並の魔獣では収まらない特別な力を持っていることは確かだし……幻獣に分類できそうだ。

「そもそも、マンモスは太古の昔に絶滅していて、化石しか見つかっていない獣なんだ。こうして生きている姿を見る機会に恵まれるなんて、感動するなあ」

「この幻獣が竜大陸の固有種ならば、種族名がないかもしれないな。第一発見者のレヴィン殿が名付けてはどうだ？」

しみじみとしていると、ユーリ殿が提案してきた。

「ほう。ユーリにしてはいいことを言う。そうだな。そうするといい」

レグルスにも勧められたが、さすがに種族名を考えるなんて経験はない。

ネーミングセンスにも自信がない……俺なんかが名付けてもいいんだろうか？

「ママがどんな名前にするかたのしみ」

「確かに。レヴィンのお手並み、拝見させてもらう」

エルフィとアリアに退路を断たれてしまった。

なんだか、みんなしてハードルを上げに来てないか……？

俺はひとまず、問題を先延ばしすることにした。

「種族名についてはあとにしよう。案外、リントヴルムあたりが知ってるかもしれないし……って、あれ？」

マンモスから青白い光が伸びてくる。絆の光だ。

「どうやら、レヴィン殿の懸命な看病が功を奏したようだな」

ユーリ殿の言葉通り、俺を認めてくれたのだろうか？

俺はマンモスを【契約】する。

「よしよし、まずは名前を決めるか。そうだな、ポムってのはどうだ？」

「ぎゅうぎゅう!!」

どうやら喜んでいるようだ。マンモス（？）のポムが仲間になった。

さて、俺たちはこれから洞窟の先へ進む。しかしながら、病み上がりのポムを一緒に連れていくわけにはいかない。

ポムにはゆっくりと身体を休める時間が必要だ。猩々のアントニオに頼めば、きっと棲み心地のいい小屋を作ってくれることだろう。

俺はポムを町に送り届け、アントニオに諸々の手配を頼んだ。


「うっ……凄まじい寒さだ……」

押し寄せる冷気に圧倒される。

洞窟の奥は、なぜか猛吹雪が吹き荒れていた。

「マ、ママ、ママ、ちょっと寒いかも」

エルフィがかつてないほど凍えている。もはや、防寒着が意味を為(な)していない。

「レヴィン、ここは私がなんとかするね……！」

アリアが大盾を構え、《神聖騎士(セイクリッドナイト)》の力を発揮する。

すると、女神の加護で周囲の冷気が幾分か和らいだ。

エリスが驚いたように声を上げる。

「あっ、寒さがマシになりましたね。凄い！」

「ずっと加護を張っていることはできないけど、短時間ならなんとか……」

「ありがとう、アリア。よし、今のうちにもっと奥へ行ってみよう」

俺の言葉を聞いて、レグルスとユーリ殿が進み出た。

「ならば、私とユーリが先導しよう。それなりに場数は踏んできているからな。たとえ、何が起きても対処してみせる」

レグルスとユーリ殿ほどの実力者が先陣を切ってくれるなら、これほど心強いことはない。

二人の後を追って、洞窟の奥へ向かう。

しばらく進むと、何かの鳴き声が聞こえてきた。

「きゅう……きゅう……」

「こ、これは……なんと愛らしいのだ……」

ユーリ殿の目の色が変わる。鳴き声を発していたのは、小さなユキウサギであった。

「本当だ。可愛いですねえ……」

「確かに、モフモフ……！」

エリスとアリアが愛くるしさに目を奪われていると、ユーリ殿がユキウサギに近寄った。

「こんなところに兎がいるというのも怪しい話だ。私が先行して偵察しよう。おお、よしよし。怖くないぞー」

多分、ユーリ殿はユキウサギを愛でたくて仕方ないのだろう。

確かに可愛いけど……なんだか様子がおかしい気がする。

「きゅ……きゅ……きゅううううううううううう！！！！！」

俺の予感はすぐに当たった。ユキウサギが悲鳴を上げた瞬間、凄まじい猛吹雪が起きる。その直後、ユキウサギは思いきりユーリ殿の腹部を蹴り飛ばした。

「ぬ、ぬおおおおおおおおお!?」

ユーリ殿だけじゃない。俺たちまで、吹雪によってたまらず吹き飛ばされてしまう。

「い、今のは……」

「ガァアアアアアア!!」

直後、どこからともなく神々しく光る白熊が駆けつけてきて、ユキウサギを背にかばった。

「ぬおっ!?　なんという魔力量だ!!」

レグルスが白熊から発される力を前にたじろいでいる。

「魚介をくれた白熊……どうしてここに!?」

「グゥ……お前たちこそ、ここになんの用だ……!」

白熊が言葉を発した。

やはり、あの時はあえて喋らなかっただけか。聖獣だけあって、かなりの知性を持っているようだ。

「みんな、ここは俺が話す。手を出さないでくれ」

なぜかこちらに対して敵意を露わにしているが……話しかけてきた以上、交渉の余地はあるはず。

俺はゆっくりと前に出た。白熊は警戒しているものの、攻撃してくる気配はない。

「俺はレヴィン。リントヴルムと契約した《聖獣使い（ホーリーテイマー）》だ」

「ほう、主は《竜の喚び手》だったか。薄々察してはいたが……」

「俺たちは、このエリアの異常気象を調査しに来たんだ。君と敵対するつもりはない」

「無論、主らに敵意がないことは分かっている。だが……そういう事情であるなら、我々は戦わなければならない」

「なっ⁉」

「させない！」

交渉が決裂した直後、アリアが凄まじい速さで俺の前に立ち、白熊に向かって大盾を構えた。

「湖で戦った少女か。見事な動きだな」

「レヴィンはやらせない……」

「だが、その気持ちは私とて同じこと。お前たちに我が子を殺させるわけにはいかないのだ」

「我が子？」

アリアが聞き返した。

……一体どういうことだ？

白熊がいまだに苦しむユキウサギを振り返った。

「この子は私が雪原で拾い、今日まで守り育ててきた……覇王の残滓であることは承知の上で」

「なんだって……？」

あのユキウサギが覇王の残滓？　……そういうことならば先程の凄まじい力も納得いく。

だが、そうなると――

「どうして聖獣が覇王の残滓をかばうんだ？　聖獣は女神に遣わされた存在だ。それなのに……」

「矛盾している、と言いたいのか？　だが、この世には理屈だけではどうにもならないものもある。たとえば……そこの幼い神竜の子。彼女は主が育てているのだろう？」

白熊の問いかけに頷く。

俺にとってエルフィは娘のような存在だ。

「その子が覇王と化したらどうする？」

「何を馬鹿な……」

「かつての覇王は神竜が堕（お）ちた存在だ。なら、その子がそうならない保証がどこにある？　そうなった時、お前は娘を討（う）てるのか？」

「馬鹿なことを言うな！　エルフィは俺の大切な娘だ。必ず助けるに決まっているだろう！」

「私も同じだ。由来がどうであろうと、この子は私の大切な娘だ。雪の中で凍え、獰猛（どうもう）な獣に狙われて怯（おび）えていた。そんな子を見捨ててはおけなかった。そっと拾い上げると、彼女は私に微笑みかけたのだ。種は違えど、この子は私を母のように慕（した）ってくれた。だから、たとえこの子が覇王の残滓であり、猛吹雪の原因であるとしても守ると決めたのだ」

その気持ちは痛いほど分かる。

ドルカスが散々馬鹿にする中、小さな卵から生まれて懸命に歩くエルフィの姿に、俺は感動した。

そして、あの場の全員を敵に回してでも、俺はエルフィを守ろうと誓った。

白熊にとって、あのユキウサギがそういう存在なのだろう。

「だが、私とて竜の喚び手と争いたいわけではない。できることなら、ここは大人しく退（ひ）いてほしい」

「どうする、レヴィン？」

「……確かに彼女の気持ちは分かる。だけど、このままあのユキウサギを放っておけばどうなるか分からない。もしかしたら、町にまで被害が広がるかもしれないし」

可愛らしい見た目でも、あのユキウサギは覇王の残滓だ。

セキレイにおいて覇王の残滓がどんな悲劇をもたらしたのか……俺はよく知っている。

見たところ、ユキウサギは自らの力を制御できていない。

だから、放置するわけにはいかない。

「それがお前たちの答えだな。当然の反応だ。責めはしない」

白熊が武術の構えを取る。先ほどにも増して、凄い気迫だ。

ユキウサギ……覇王の残滓にさえ匹敵するほどの、凄まじい魔力の高まりを感じる。

こちらにはクローニアの英雄であるレグルスをはじめ、たくさんの猛者(もさ)がいる。

だけど、それでも、目の前の白熊には勝てない。そんな予感があった。

「ま、待ってくれ。だからって、こうして争うのは……」

「ならば、退いてほしい。頼む……」

彼女の言う通り、見なかったことにするしかないのか？

だけど、俺だってこの大陸に住むみんなを守りたい。ここをセキレイのように呪われた人地にするわけにはいかない。

「分かった。それなら提案がある」

そう言って、アリアは一歩前に進み出た。

「私とあなたで決闘（けっとう）しよう。あなたが勝ったら、私たちは大人しく都市に帰る。だけど、もし私が勝ったら……あのユキウサギの様子を見させてほしい」

「待て、我が子は覇王の残滓だぞ？　その様子を見るだけでいいのか？　主たちからすれば、息の根を止める方が確実だろう？」

「そんなこと、レヴィンは望まない。レヴィンだったら、あのユキウサギと共生する方法を探すはず。もし、それでも倒さなきゃいけなかったら……その時はもう一度戦おう。今は、それだけでいい」

「分かった……私が聖獣として女神から授かった使命は、『子を慈（いつく）しみ、守ること』。我が子たるあの子のためならば、いくらでも力を発揮できる……！」

そうか。あの途方もない力は、彼女自身の使命のためか。

道理で敵（かな）わないと感じるわけだ。

「アリア、気持ちは分かった。だけど分が悪いよ。ここは――」

「大丈夫。あの白熊の使命が子どもを守ることなら、私の使命はレヴィンを守り、その障害を砕くことだから！」

俺の制止を遮り、アリアは突貫（とっかん）した。

アリアはまだ、騎士としての経験が浅い。そもそも《神聖騎士（セイクリッドナイト）》の能力は、敵を攻撃することよりも、味方に加護を与え、守ることに特化している。

しかし、アリアの戦いぶりは鮮烈（せんれつ）だった。膨大な魔力を持つ白熊相手に、互角以上に渡り合って

いる。

「前に戦った時とは動きが違う……!?」

白熊がアリアの変わりように驚きを見せる。

「あの白熊、相当の猛者だ」

「ああ。だが、恐るべきはアリア殿だ。しばらく見ない間に、相当腕を上げた。いや、あの動きはもしや……」

ユーリ殿とレグルスは何かに気付いたようだ。

俺は剣術や武術については詳しくないので、何が起こっているのかさっぱりだ。

「戦いの場に出ると、人はどうしても緊張し、身体を力ませてしまう。だが、それではいけない。無駄な力を抜き、自然体でいることで、斬る、払う、躱す、突くといった動作は洗練されていく。アリア殿は戦い慣れておらず、私やユーリに比べると動きに無駄が多かった。だが、今の彼女の動きは洗練されている。私でも目を見張るほどに……」

そうなのか。

俺には細かい違いが分からないが、レグルスほどの騎士が言うのならそうなんだろう。

レグルスの説明に、ユーリ殿がうんうんと頷く。

「恐らく、きっかけがあったんだな。彼女は前にあの白熊と立ち会ったのだろう？　その時に何か閃きを得たのかもしれない」

「なるほど。若者の成長は恐ろしいな。『男子三日会わざれば刮目して見よ』というやつか」

「アリアは女の子だけどな……」

俺たちが話している間に、白熊が押され始めた。

「見事だ……わずか数週間で、私の技を会得するとは」

「私はもっと強くならないといけない。レヴィンはきっと、これからもっと大変な戦いに巻き込まれる。そんな予感がするから」

「っ……！」

一瞬の隙を突いて、アリアは白熊を大盾で突き飛ばした。

白熊が壁に叩きつけられ、膝をつく。

「むぅ……完敗のようだ。我が功夫が敗れるとは……」

……アリアの勝ちだ！

「それじゃ、約束通り、ユキウサギの様子を見るね」

アリアは大盾をしまい、白熊に手を差し出した。

「ああ。主たちの覚悟は分かった。ならば、私も主らを信じて――」

「きゅううううううううう！！！！！！」

白熊がアリアの手を取ろうとしたその瞬間、ユキウサギが凄絶な鳴き声を上げた。

周囲にとてつもない冷気が広がる。

「え……？」

一瞬にして、全てが凍りついていた。

「エルフィ……？　エリス、ユーリ殿……!?　大丈夫か!?」

「レグルスさん、ライルさんも……みんな、どうして!?　白熊さんまで……！」

少し前までのポムとまるで同じ状況だ。俺とアリア以外、全員が氷漬けにされていた。

どうして俺たちだけ無事なんだ？

「きゅううう!!　きゅうううううう！！！」

真っ赤な瞳のユキウサギは天を仰いで、涙を流した。

恐らく、魔力が暴走している。この状況は、あのユキウサギの意思ではないのだろう。

だが、これは……！

「レヴィン、どうしよう……」

アリアが再び大盾を手にしているが、声に覇気がない。冷気に必死に耐えているのだろう。

これが覇王の残滓の力なのか？　あまりにも危険すぎる。

「エルフィのお母さん――エルフィさんが言ってたように、覇王の残滓は滅ぼさなきゃいけないのか？」

あのユキウサギと、それを守る白熊は、決して邪悪な存在ではない。そんな二匹を見て、俺は彼らと共に生きる道を探したいと思った。

だけど……その結果、仲間たちは氷漬けにされてしまった。

ポムを凍らせたのと同じ、強力な呪い。ライルさんと違って解呪の術を持たない俺とアリアでは、ユキウサギを殺すことでしか解決できない……！

「――いえ、諦めてはなりません」

俺が挫けそうになった瞬間、頭の中に柔らかな声が響いた。

温かな白い光が俺とアリアの胸から放たれる。

これは……この光は知っている。それは人のようなシルエットに変化すると、俺たちに語りかけてきた。

「またしても、覇王の残滓と遭遇したのですね……」

「エルフィさん!?」

セキレイでの戦いで、エルフィさんは俺とアリアに力を貸してくれた。

あの時以来の再会だ。ずっと昔に亡くなった彼女だが、今でも俺たちのことを見守ってくれていたようだ。

「私の命は神樹のもとへ還りましたが……レヴィンとアリアの中に力と意思が残っています。ですから、こうしてあなた方とだけお話ができるのです。本当はあの子とも話したいのですが……」

エルフィさんが氷漬けにされた娘――エルフィに視線を向けた。

表情こそ分からないが、それでも彼女の悔しい気持ちは伝わってきた。

「……今は、この状況をどうにかすることが先決ですね」

寂しさを振り払って、エルフィさんが俺たちに視線を戻す。

「どうにかって……どうすればいいんだ？」

「ここにある覇王の残滓は、寒冷地エリアにて封印されていたものなのです、レヴィン。まだ幼く、セキレイのものとは異なり邪心を抱いていません」

確かに。あのユキウサギが、悪意をもって俺たちを攻撃しているわけじゃないのは分かる。

もしかしたら、母親代わりの白熊が負けたことに驚き、力を暴走させてしまったのかもしれない。

「覇王の残滓は、彼の肉体から分かたれた力の塊。セキレイのものは自らが覇王に成り代わらんと策謀を巡らせましたが……あのユキウサギはまだ無垢です。あの子の不安を取り除き、あなた方の手で覇王の力を制御してあげてください。そうすれば、この一帯を襲う吹雪も収まるでしょう」

「分かりました」

エルフィさんは俺たちが凍らないように加護を与えているため、力になれないらしい。

彼女は俺とアリアの胸に戻っていった。

俺はアリアと共にユキウサギのところへ向かう。

「きゅう……きゅううううううう……」

ユキウサギは氷漬けになった白熊に近づき、涙を流していた。

その小さな手で必死に氷をひっかいているが、氷には傷一つつかない。

「うっ……あぁ……はぁ、はぁ……」

その時、背後でうめき声が聞こえた。

「ライルさん!?」

「ふう……なんとか解呪できました……やはり、あのユキウサギ、凄まじい力を持ってますね」

氷漬けになっていたのに……どうやら、自力で呪いを解いたようだ。

解呪のエキスパートとはいえ、凄まじい実力だ。

「どうやら、レヴィンさんとアリアさんはご無事だったんですね。私は今の解呪でかなり力を使ってしまいました。他の方の呪いを解くには、手が回りそうになく……」

「一人だけ、なんとかなりませんか？　あの白熊を氷から出してあげたいんです」

「それくらいなら、ええ。ですが……あの方でよろしいのですか？」

「はい。ユキウサギの暴走を止めるには、それがベストかと」

俺の言葉にライルさんは頷き、さっそく白熊の解呪に取り掛かる。

ユキウサギは、白熊を守るかのように立ちはだかったが……ライルさんが氷を溶かそうとしているのだと理解したのか、すぐに大人しくなった。

「っ……やはり、かなり強力な呪いですね」

「私が力を貸します」

アリアが《神聖騎士（セイクリッドナイト）》の力で、ライルさんの能力を引き上げる。やがて、白熊は呪いから解放された。

「氷が溶けた……主らが解呪してくれたのか。礼を言う」

「きゅう！　きゅう！」

ユキウサギが白熊に頭を擦り付ける。

「しかし、申し訳ない。まさか、このようなことになろうとは……やはり覇王の残滓とは、共存できない定（さだ）めなのか……？」

ユキウサギを抱きかかえて頭を撫で、白熊は複雑そうな表情を浮かべた。

彼女はユキウサギを我が子のように愛している。一方で、自分が可愛がる存在は危険な力を秘めている事実を前に、葛藤しているのだろう。

エルフィさんによれば、俺とアリアならユキウサギが持つ覇王の力を制御できるらしいが……

「きゅ……きゅう……」

突然、ユキウサギが苦しみ始めた。

「まずい。お腹が空いたのか？　フロストモナークに怯えて氷漬けにして以来、この子は何も口にしていないのだ」

「なんだって？」

フロストモナークとは、あのマンモスのことだろうか。

氷漬けになっているみんなのことは心配だけど、ライルさんが力を使い果たしてしまっている以上、解呪のしようがない。

ひとまず、空腹のユキウサギをなんとかしてあげないと。

「待っててくれ。兎にぴったりのフードがあるから、それを取ってくるよ」

魔獣にはそれぞれの嗜好(しこう)と体質に合った、特別なフードがある。

テイマー職である俺は、自宅の食料庫に多種多様なフードをストックしていた。

俺は転移門で自宅に戻り粒状のカリカリ――ペレットを持ってくる。

「さあ、これをどうぞ」

「これは食べさせてもいいものなのか？」

焦げ茶色のカリカリを見て、白熊が訝しむ。

「兎系の魔獣のために配合されたフードだから、問題ないよ。食感もいいから、きっと気に入ると思う」

「分かった。お前を信じよう」

白熊がユキウサギにペレットを差し出した。

「きゅ？」

ユキウサギはペレットをじっくりと観察したり、匂いを嗅いだりして、安全なものか確かめている。

しばらくすると、何粒かをそっと口に頬張った。

「きゅう！」

最初は恐る恐るだったが、食感が気に入ったみたいだ。すぐに貪るように食べ出した。

「はむはむ……きゅぷ！」

俺が用意したペレットを完食し、可愛らしくげっぷをする。

「ふむ。どうやらかなり気に入ってくれたようだ。この豪雪では、食べ物もなかなか見つからないからな……こんなに満足したのは久しぶりだろう」

「それはよかった」

ひとまず、ユキウサギの空腹は癒やせたみたいだ。

あとは、凍らされてしまったみんなと異常気象がどうにかなれば……

「きゅう……」

ユキウサギが氷漬けになっているエルフィのところへ向かう。

そして、氷をひっかき始めた。

「きゅう！　きゅう！」

俺たちが敵でないことを理解してくれたらしい。自分が凍らせてしまったみんなを、助けようとしているみたいだ。

「とにかく、今は呪いを解かないと」

エルフィさんは「覇王の力を制御してあげてください」と言っていた。

氷漬けになったみんなも、外の猛吹雪も、ユキウサギが覇王の力に振り回されてしまっていることが原因だ。これをなんとかしたい。

「きゅう！　きゅう!!　きゅ、きゅうきゅうきゅう!!」

ユキウサギは凄まじい気合でもって、氷に爪を立てている。

やはり変化はないか……

すると、アリアが小声で囁く。

「レヴィン、見て。ユキウサギの身体が……」

ユキウサギが青白い光を発していた。

これは、もしかして……

「どうやら、あの子が主を認めたようだ。だが、あの子は覇王の残滓。【契約(テイム)】はお前にとってリスクが高――」

「いや、【契約(テイム)】してみるよ」

「なんだと？」

【契約(テイム)】すれば、俺とユキウサギ――覇王の残滓との間にある結びつきは、より強固に変わる。そうすれば、俺は覇王の力と直接繋がることになるだろう。

白熊が心配するように、これは危険なことかもしれない。

だけど、うまくいけば……テイマーとして、ユキウサギが暴走しないようにサポートできるようになるはずだ。

「テイ――」

いつものように契約を結ぼうとした瞬間だった。俺の胸から、白い光が放たれた。

これは……エルフィさんの光？

「もしや、神竜王(しんりゅうおう)の力か……？　それならば、あるいは――」

「レヴィン、ここは私に任せて」

何やら言いかけた白熊の言葉を遮り、アリアは《神聖騎士(セイクリッドナイト)》の加護を発動する。

不思議と、彼女の身体に眠るエルフィさんの力も流れ込んでくるようだ。

「よし、これなら……【契約(テイム)】!!」

ユキウサギに眠る覇王の力を制御しつつ、俺は【契約(テイム)】を唱えた。

すると……

「きゅう……きゅううううう！！！」

ユキウサギが力いっぱいに鳴く。温かい光が洞窟内を照らした。

「凄い……レヴィンさんとユキウサギから凄まじい量の魔力を感じます」

ライルさんの感心する声が聞こえた。

やがて光が凍りついたエルフィたちを包み、氷を溶かしていく。

それから程なくして、氷漬けにされた仲間たちが解放された。

「くしゅん……!!　うぅ……とても寒かったです」

「エリスに同じく……」

エリスとエルフィが震える身体を抱きかかえるようにして、なんとか温まろうとしている。

二人とも、かなり身体が冷えたようだが……ひとまず無事のようでよかった。

白熊が目を丸くして俺を見た。

「まさか、覇王の残滓と契約するテイマーがいるとは……」

「俺もうまくいくとは思わなかったよ。でも、これでこのあたりの吹雪は解決かな」

俺は転移門を使い、洞窟の外に出た。

思っていた通りだ。猛吹雪はやみ、陽の光が降り注いでいる。

雪原らしい寒さは相変わらずだが、神樹の制御を外れた異常気象はもう起こらないだろう。

「竜の喚び手、レヴィンよ。今回は本当に助かった。この子が覇王の力を制御できたのも、主のおかげだ」

「君はこれからどうするつもりなんだ？　よかったら、都市に来る？」

俺が尋ねると、白熊は首を横に振った。

「いや。力を抑えられるようになったとはいえ、この子は覇王の残滓だ。万が一にも周りに影響が出ないように、人が少ないこの地で暮らそうと思う」

「うぅ……こんなに可愛いのに……寂しい」

いつの間にか、エルフィがユキウサギを抱きかかえている。

「そうですよね、エルフィちゃん。折角、一緒に遊べると思ったんですが……でも、都市に被害が出るのはダメですもんね」

名残惜しそうにエリスがユキウサギの頭を撫でた。

それを見て、ユーリ殿が眉根を寄せる。

「エリスよ。仮にも覇王の残滓だぞ。また凍らされたらどうするつもりだ？」

「その時はレヴィンさんとアリア、ライルさんがどうにかしてくれますから。それよりも見てください、兄様。この綺麗な毛並みにつぶらな瞳、短い脚……どれも、とっても可愛らしいです。こんな可愛い子と離れ離れになるなんて、悲しすぎます」

「確かにそうだな。解呪はレヴィン殿たちに任せよう……私とも遊んでくれるだろうか？」

なんとも呑気なことを言う兄妹だ。呪いで凍らされてでも、ユキウサギを愛でたいらしい。

だが、ここは白熊の意見に従うべきだろう。ふとした拍子に覇王の力が暴走する可能性は、なくなったわけではない。

「そうだ。それなら、あの洞窟に棲み心地のいい家を建てるよ。そこに転移門を置けば、いつでも遊びに来られるし」

「ママ、ナイスアイデア」

「いいのか？」

こちらを窺う白熊に、俺は大きく頷いた。

「神樹の力があればなんてことないからね。アントニオ……知り合いの建築家に頼んで、専用の家を作ってもらうよ。食料も都市から届けられると楽だろうし」

「そうだな。いずれにせよ、主には助けられた」

白熊がこちらに向かって手を差し出す。青白い光が放たれた。

「私の名はオルガ。アークベアーのオルガだ。そしてこの子は、ムーンラビットのハク。主が困っている時は、必ず力になると誓おう」

俺はオルガの手を取ると【契約（テイム）】を実行する。

こうして、俺はアークベアーのオルガと、覇王の残滓——ムーンラビットのハクと仲良くなったのだった。

オルガとハクを仲間にした日の夜。エルフィに呼び出された俺は、大聖堂のそばにある空中庭園にやってきていた。

「ママ、昼間のことなんだけど」

エルフィの表情はいつになく真剣だ。わざわざ屋外を指定するなんて、内緒話(ないしょばなし)でもするつもりか？

「あのね。昼間、呪いを解いてくれた時……ママとアリアから、なんだか懐かしい気配を感じたの。セキレイで覇王の残滓と戦った時から思ってた。生まれる前から知ってるような、誰かがそばにいる気がして……」

覇王の残滓であるハクを【契約(テイム)】する時、俺はエルフィさん――エルフィのお母さんの力を借りた。

セキレイの戦いにおいても同様だ。

エルフィは、実の母の気配を感じ取ったのだろう。

「もしかしてだけど、何か……隠し事をしていない？」

顔を俯(うつむ)かせ、エルフィが気まずそうに聞いてきた。

セキレイでの戦いで、俺とアリアはエルフィさんによって封じられていた記憶を取り戻している。だけど、そのことについて、俺たちは誰にも話していなかった。これもいい機会かもしれない。

「隠すつもりはなかったんだ。何から話せばいいのか、俺も分からなくて――」

順を追って、エルフィさんのことを話す。

子どもの時、俺とアリアは、覇王の残滓と戦うエルフィさんに出会った。

彼女をかばって、一度は死んだ俺たちを生き返らせるため、エルフィさんは自らの命を代償にする。

「エルフィ」という名前は、お母さんのエルフィさんから受け継がれたものだ。

俺は包み隠さず、全てをエルフィに告げた。

「そうなんだ……ママに会ったことがあるんだね」

エルフィは複雑そうな表情を浮かべた。

彼女は聡明（そうめい）だが、まだ幼い。実の母親がとっくに亡くなっていた事実に、心の整理がつかないのかもしれない。

「私も、会いたかったな……」

エルフィの目の端（はし）にうっすらと涙が浮かぶ。

「本当はずっと気になってた……私は卵の時にママに喚ばれたから、私を産んだママのことは知らない。ママがどこにいて、どんな人なのか、私のことをどう思ってるのかなって考えてた。いつか会えたらいいなって……でも、もういないなんて……」

堰（せき）を切ったようにエルフィが泣き出す。

俺は彼女の頭をそっと撫で、慰めた。

黙っているべきではないと、全て話すことにしたが……やっぱり、まだ早かったのだろうか？

「エルフィにとっては本当のママだからな……そりゃあ、会いたいよな」

すでにエルフィのお母さんはこの世にいないが、残留思念が残っている。今日、俺とアリアを助けてくれたのが、まさにそれだ。

あの人の声が、娘にも――エルフィにも届けばいいのに。

「会いたい……会いたかっ……た……よ……」

絞り出すような泣き声を聞きながら、俺はエルフィの頭を撫で続けた。


……どれくらいの時間が経っただろうか。エルフィがそっと口を開いた。

「一つだけいい……？」

エルフィが俺を見上げる。

彼女の目は赤く充血（じゅうけつ）していた。

「『本当のママ』って言い方、なんだか嫌……かも」

「え……？」

「私にとっては、ママもママだもん。本当とかそうじゃないとか関係ない。そういう言い方は、凄く寂しいよ……」

「エルフィ……」

思わず胸を打たれてしまった。

エルフィはずっと、俺のことを「ママ」と呼んでいた。そこは「パパ」じゃないのか……と思ったこともあったが、彼女は実の母親と同じくらい、俺のことを慕ってくれていたのだ。

「帰ろう、ママ。今日はママの話をしてくれてありがとう」

「ああ、そうだな」

俺はエルフィと手を繋ぎ、家へ帰る。

手のひらから伝わる温もりに、胸がじわりと温まる。血は繋がっていないが、彼女は俺の大切な娘なんだ、と実感した。

「くしゅん……！」

「あれ？　くしゃみなんて珍しいな？」

いつも元気なエルフィ。彼女がくしゃみをするなんて、初めて見たかもしれない。

「う、うん……どうしたんだろ……？」

エルフィの顔が赤い。それに、なんだかふらふらとしている。

てっきり、泣きはらしたからだと思っていたが、もしかして……

「ちょっと触るぞ」

エルフィのおでこに手を当てる。

「うおっ、凄い熱じゃないか」

まさか風邪（かぜ）を引いたのか？　それなら一大事だ。

「だいじょ……私は、だいじょばないかも……」

ばたりとエルフィが倒れ込んでしまう。

慌てて抱き起そうとしたものの……彼女の身体がみるみるうちに縮（ちぢ）み、なんと出会ったばかりの頃のようなトカゲの姿に戻ってしまった。

エルフィを抱え、俺は家に走った。

「みんな、大変だ。エルフィが!!」

「どうしたの？　その白いトカゲ……まさか、エルフィ？」

　アリアはもちろん、俺以外のみんなはエルフィがトカゲだった頃の姿は見ていない。ただ、俺の慌てぶりを見て、状況を察してくれたようだ。

「きゅぷ……」

「風邪を引いたみたいなんだ。一生このままだったらどうしよう……」

「それはさすがに大げさじゃないかな……でも、元気いっぱいだったエルフィが熱を出すなんて心配だね。カトリーヌさんの診療所も、この時間じゃ開いてないだろうし……とりあえず今夜は様子を見てみよう」

　アリアの提案通り、俺たちはエルフィの看病をすることにした。

「ほら、エルフィ、鶏肉と卵のあんをたっぷりかけたお豆腐だ。いっぱい食べて、元気になってくれ……」

　ベッドの上でぐったりしているエルフィに、スプーンを差し出す。

「きゅう……」

　すると、エルフィが食いついた。

「うん。エルフィ、食欲はばっちりみたいだね」

「ああ。でもさすがにこの身体だとそんなには食べられないだろうな」

「だよね。ねえ、私があげてもいい？」

「もちろん」

アリアと交代しつつ、エルフィに豆腐を食べさせていく。

生姜（しょうが）のエキスがたっぷり入っているから、きっと身体が温まるはずだ。

「よし、全部食べ終えたな。あとは暖かくしてあげないと……」

「きゅいきゅい」

エルフィが小さな手で俺の指を引っ張った。

「どうしたんだ？」

「きゅぴ！」

エルフィが豆腐が載っていた皿を指差す。

「まさか……」

「おかわりが欲しいみたいだね」

エルフィの胃袋は、ちっちゃなトカゲになっても底なしだった。

俺はたくさんの料理を作ったが、エルフィは見事にすべて平らげた。

あんな大量の料理……エルフィの小さな身体のどこに入っていったのだろうか。

「きゅう……」

食欲旺盛（しょくよくおうせい）だったエルフィだが、しばらくしてぐったりした。

俺は彼女の汗を拭き、寝かしつける。

「レヴィン、もしかして、このまま一晩中エルフィを看(み)てるつもり？」

エルフィのそばから離れない俺を見て、アリアが聞いてきた。

「心配だからな。大丈夫、俺も仮眠するつもりだから」

みんなには、先に寝るように伝えてある。

「なら、私も手伝うよ。交代しながらなら、レヴィンも寝やすいよね？」

「それは助かるけど……いいのか？」

「うん。レヴィンと話したいこともあったし」

アリアがベッドのそばに椅子を持ってきて、俺の隣に座る。

「今日のこと……あれでよかったのかな？」

「ハクのことか」

「エルフィさんは、『覇王の残滓は覇王から分かたれた力の塊だ』って言ってた。それは、私たちにもなんとなく感じ取れるよね？」

「ああ。だけど、セキレイの残滓と違って、ハクに敵意はなかった。オルガも、自分の子どものように思ってたみたいだし」

「でも、エルフィさんは覇王の残滓を消すために戦っていたわけでしょ？　倒さなくてよかったのか、少し迷ってて……」

俺とアリアが子どもの頃に出会ったエルフィさんは、大陸中の覇王の残滓を探し出し、消滅させるために奮闘していた。

彼女に命を救われた俺たちは、その使命を引き継ごうと心に決めたのだが……

「……苦しんで暴れている魔獣を倒すなんて、俺にはやっぱりできないよ。それに、エルフィさんも協力してくれたから、間違った判断じゃないと思う」

「そうだよね……私もレヴィンと同じ考え。だけど、リントヴルムの背で暮らすみんなを危険に晒すわけにはいかないから……」

「ああ。俺たちでハクを見守ろう。もし、誰かにに危害を加えるようなら……」

その先の言葉は言わない。頭では理解していても、口にするのはつらいからだ。

でも、きっとアリアは分かってくれるはずだ。

「うん。でも、レヴィンは優しいから、その時は私が手を下す。私はレヴィンの剣で、盾だから」

「ありがとう、アリア」

アリアの気持ちはとても嬉しい。

俺だって彼女に任せっぱなしにするつもりはないが、黙っておいた。

「難しい話はここまでにしよう。それより、レヴィンは先に寝てて。しばらくは私がエルフィを看るよ。眠くなったら起こしに行くから、その時は交代してね」

「そう言って、朝までずっと面倒を見るつもりだろう？　バレバレだぞ」

周りの人に苦労をかけまいとする、アリアのお決まりの手口だ。引っかかるつもりはない。

「バレたか。それじゃ、二人で看てあげるしかないね。レヴィンも同じことするだろうし」

「それは……」

何も言い返せない。

結局、俺たちは二人で一緒に朝を迎えることになったのだった。

第三章

ライルが竜大陸を訪れて、一ヶ月ほどが経ったある日の夜。

彼は神樹のそばに築かれた大聖堂内の客室に移り、本国への報告書を書いていた。

「レヴィンさんたちからは信頼されつつあるはず。【竜医局】が発端であるとはいえ、協力体制を構築することもできた。一度情報をまとめておこう」

カトリーヌの頼みで、ライルは本国——エルディアに蓄積された治療術の知識をどんどん提供していた。

転移門が設置されることとなったエルディアからは、あちらの司祭たちが訪れ、竜大陸の診療所とは互いに技術を共有している。

そうした取り組みによって、【竜医局】は元の性能を取り戻しつつある。まもなく、覇王のもたらす呪いを浄化する方法が確立されるだろう。

『この一ヶ月というもの……私が見たのは本当に驚くべき光景の数々だった』

報告書であるにもかかわらず、日記っぽい文体なのは、彼の上司であるアレクシスの趣味だ。

彼は「淡々（たんたん）とした報告よりも、記述者の主観的な感想がある方が価値が高い」と、いつも部下に伝えている。

かつて、ライルは「報告書としては不適切ではないか」と進言したが……アレクシスは一笑に付し、自らのスタンスを変えることはなかった。

「はあ……どう考えても、事務的に書く方が楽なんだけどな……」

アレクシスは基本的に我が道を行く人間だ。仕方がないと割り切り、ライルは報告書をまとめる。

『地上から竜大陸へ一瞬で移動できる転移門。大規模輸送を可能にする魔導列車。神竜の古代技術を用い、建築家のインスピレーションのままに、毎日のように景観を変えて発展していく都市……ここでは現代の常識では考えられないほどに高度な魔導具が運用され、日々【製造】されている』

竜大陸には国交を結んだ国々……エルウィン、クローニア、セキレイの研究者が、協力して神竜文明の魔導具を解析する機関がある。

リントヴルムの背やセキレイの遺跡から魔導具を発掘し、それを神樹で量産して地上でも使用できるようにするためのプロジェクト——設計図作りも盛（さか）んだった。

『最近では【マッサージチェア】なるものが出土したという。ソファーにセンサーを組み込み、座っている者の背中や肩、首のコリをほぐすというものだ。私も使ってみたが、それは天にも昇（のぼ）るような快感だった。猩々をはじめ、竜大陸の住人がこれの虜（とりこ）になっている。過剰な使用は逆効果だそうだが、激務に疲れる者にとっては極上の癒やしになるはずだ。量産化が叶った暁（あかつき）には、聖教会の至るところに配置して、司祭たちの待遇改善に繋げるべきだ』

上司の興味を引きそうな話題を交ぜつつ、報告書を書いていく。

こうしておけば、聖教会でも導入すべくアレクシスが動くかもしれないと考えてのことだ。

『竜大陸での食料生産を指揮するのは、レヴィン殿の父上のグレアム殿、そして驚いたことにエルウィン前国王のドルカス殿だ。エルウィンとクローニア間の戦争のきっかけとなった彼だが、現在は心を入れ替えて農業に従事している』

フィルミィミィのバーで、ドルカスと邂逅したことはライルにとって衝撃的だった。

『さて、ドルカス前国王によると、神竜の力が大地に満ちる竜大陸では植物や動物が変異する事例があるという。そういった動植物はわずかな期間で成長するようになり、栄養価も高いそうだ。彼はそれらの生育条件について、熱心に研究している。こうした特別な食材のおかげで、この地の住民は食料に困ることがない。これも神竜文明のもたらす恩恵といえるだろう』

エルディアは魔族に対抗する戦闘手段として神竜を求めているが、ライル個人としては神竜文明がもたらす恩恵の方が興味深い。

この文明が持つ高度な技術が地上でも使えるようになれば、人々の暮らしをより豊かにしてくれるはずだからだ。

『最後に、竜大陸で暮らす住民について報告する。神竜の主は、S級天職……《聖獣使い（ホーリーテイマー）》を授かったレヴィン・エクエスという青年だ。彼は神竜たちはもちろんのこと、他の聖獣や幻獣、強力な魔獣たちをも【契約（テイム）】している。また、エルウィンやクローニアにて騎士として名を馳（は）せたアリア・レムスとエリス・ルベリアをはじめ、極めて優秀な人材が集う。エルウィンのゼクス国王やクローニアのエリーゼ王女、セキレイの星王、星蘭殿もよくこの地を訪れていることが確認できた』

ゼクスがバーに入り浸り、愚痴を吐いていた姿は記憶に新しい。

竜大陸は、王族たちにとっても憩いの場になっているのだろう。

『レヴィン殿はこれまで、エルヴィンとクローニアの戦争を収めたり、覇王の残滓によって呪われたセキレイを救ったりと、目覚ましい活躍をしてきた。こうした経緯から、現在竜大陸はエルヴィン、クローニア、セキレイの三国と国交を結んでいるとのことだ。我が国は竜大陸を正式な国家と認定していないが、ここに集う戦力、そして同盟国の存在は、無視できない。リントヴルムをエルディアの支配下に置こうとするのではなく、真摯に協力を願い出るのが得策だろう』

竜大陸に対して武力を行使すれば、地上にある三国と敵対することとなるはずだ。

「さて、こんなものだろうか。レヴィンさんについては、あまり詳しく書かないでおこう」

報告書をまとめ、ライルは呟いた。

レヴィンが【契約】している魔獣たちについて、ライルは意図的に描写を省いた。神竜文明の超技術についても、比較的、当たり障りない事実のみを記した。

《猩獣使い》のアーガスがいるとはいえ、ここでは幻獣である猩々が広く活躍している。あのカトリーヌをはじめ、猩々たちは人間には及びもつかないほどの、頭脳と力を持っている。

そんな猩々たちがレヴィンこそが竜大陸の王だと認めているのは、居場所を与えてくれた恩人だからだ。

この都市にとって、種族の違いなど些細なことであるらしい。皆が協力し合う、実に平和で素晴らしい国だった。

《聖獣使い》のレヴィンは、ライルが想像していたよりも素朴で、強力な天職を持ちながらも私心を抱かない好青年だった。実際、レヴィンはお人好しであり、あまり他者を疑わない性格だ。一国の主という雰囲気もさしてない。

その点をライルは好ましく感じているが……同時に心配もしていた。

エルディアは現在、ある予測を立てている。

各地で暗躍する魔族たちが、近いうちに、人類に総攻撃を仕掛けるのではないかというものだ。

そのためライルをはじめとする祓魔騎士は魔族の動向を追い、殲滅すべく活動してきた。

しかし近年、祓魔騎士の動きはなぜか相手に察知されていた。

現にセキレイの覇王の残滓に関する一件は完全に後手に回り、まんまと魔族に回収されてしまっている。

そのことに焦った聖教会は、神竜族を戦力として取り込むことを決定したのだ。

ライルは思案する。

(上層部がレヴィンさんの人となりを知れば、僕にどんな命令を下すことか……)

ろくでもない内容であることは想像に難くない。ライルとしてはそうした事態になるのは避けたかった。

「確かに神竜には魔族に抗いうる可能性がある。神竜文明の技術、竜大陸の恵み……どれも人の暮らしを豊かにするものだろう。でも、それ以上に大切なものがこの地にはある。それらを無下にすることは、なんとしても止めないと」

エルディアの思惑とは裏腹に、ライルはレヴィンたちに親しみを抱き始めていた。

◆　◆　◆

風邪を引いたエルフィは、看病の甲斐あってすっかりよくなった。その日、俺はそんな彼女を自宅に残し、神樹の根元に来ていた。

「完成しました……これが呪いを祓うための秘密兵器です！」

カトリーヌさんとライルさん、そして各国の技術者や、エルディアの司祭たちの協力を得て、【竜医局】は万全の機能を取り戻した。

ついに待望の技術が確立されたのだ。

「えっと……これは一体なんですか？」

神樹の前に置かれているのは、手のようなものがいくつか付いた鉄製の魔導具だ。

手の先には針(はり)みたいなものがあるが……

いつになく張り切った様子のカトリーヌさんが、嬉しそうに説明する。

「ふふ。これは今までと異なる視点による治療法なのです。この魔導具はかなり便利ですよ……魔導具の手にあたる部分――アームについた針からは、ビームが発射されます」

「ビ、ビーム？」

「このビームの最大の特徴は、攻撃する対象を限定することができるということです」

「攻撃する対象を限定する？」

俺には聞き返すことしかできない。

「実際に試してみましょう」

カトリーヌさんがアームを操作すると、針から光が発射された。

「これは殺傷能力がないただの可視光線です。わたくしの身体に当てても害はありません」

アームを動かし、カトリーヌさんは光を自分に向けた。光は身体で遮られる。

「カトリーヌ、説明しながら自分でお手本を見せるのは大変じゃない？　僕が代わるよ」

アーガスが申し出ると、今度は彼に光が当たる。

特に変わった様子はないが……

「これを、特殊な光線に変化させます。すると、光が身体を貫通します」

真っ青になった光はアーガスの身体を通り抜け、地面に投射された。

「だ、大丈夫か？」

「大丈夫、大丈夫。もう何回か実験していますから、レヴィンさん」

アーガスが両手を振る。本当に平気そうだ。

「さて、我々の見ている光は魔力によって変質させることで、さまざまな性質を帯びます。今の光は目で見ること、そして物体を貫通することができる状態です。さらに性質を変化させれば殺傷能力を得ますが、それを調節すると……」

アームの照準はアーガスが用意した岩に移った。

カトリーヌさんの操作で光の色が青から赤へ変化する。

すると、ジュッという音を上げ、岩から煙が噴出した。同時に、光が消える。

「レヴィンさん、岩を見てみてください。綺麗に抉り取られているでしょう？」

「え、ええ……凄い威力ですね。これじゃ、下の地面にも穴が……ってあれ？」

あんなに火力が高いビームだったのに、地面には傷一つない。

「お気付きですか？　今の光線は岩だけを貫き、地面にはなんの影響も与えていません」

「あ、分かりました。これでアイシャさんたちの体内に巣食う悪い部分だけを破壊するんですね」

「ええ、その通りです。この魔導具には神樹に入力されたデータが保存されています。それを基に光線の性質を操作し、特定の物質だけを攻撃する光線へ変化させるのです」

カトリーヌさんによると、星蘭さんの立ち会いのうえで、すでにセキレイの大地で実践したそうだ。あの地に残留していた呪いは、これで一掃されたらしい。

他にも呪いによって変質した動物、植物などに照射したところ、元通りになったのだとか。

「これでアイシャさんの治療を……？」

「ええ。ただ、人に対して使うのは初めてになります。少し恐ろしいので、まだ躊躇っているのですが……」

確かに……動物でうまくいっても、人に使ったらどうなるかは分からない。

カトリーヌさんとライルさんたちをはじめとする研究の成果だし、心配はないと思うけど……

「私はカトリーヌさんのことを信じてますので。だからきっと、大丈夫です」

スピカがカトリーヌさんを励まし、拳を握る。

ここしばらく、彼女はカトリーヌさんたちの手伝いをしていた。

誰よりも頑張る姿を見てきたからこそ、信頼しているのだろう。

スピカの言葉に、ライルさんが付け加える。

「安全性については、細心の注意を払ってきました。【竜医局】のシミュレーションで、『有効である』との試算も出ています」

「そうですね……最終的な調整を終えたら、すぐにアイシャさんたちの治療に取りかかります」

「いよいよか……」

覇王の呪いには随分と苦しめられた。

あのセキレイの残滓を倒しても、なおその影響は消えなかった。肉親が床に臥せっているエリーゼとスピカは、寂しい思いをしたことだろう。

「今度こそ、アイシャさんたちを治そう」

俺たちは決意を新たにした。

◆　◆　◆

新しい魔導具のお披露目に立ち会ってから数日後。いよいよ、アイシャさんとカール国王、カリンさんの治療の日がやってきた。

治療用の魔導具が置かれた部屋――手術室の前には俺の他に、スピカとエリーゼ、レグルスが集まった。治療に向かうカトリーヌさんとライルさんを見送るためだ。

「簡単な手順を踏むだけですから、すぐに終わると思います。もどかしいでしょうけど、ここで待っててくださいね」

「は、はい。お母さんのこと、よろしくお願いしますので」

「わたくしからも……父を、よろしくお願いいたします」

スピカとエリーゼの言葉に続き、レグルスも深々と頭を下げた。

カトリーヌさんは微笑み、ライルさんと共に手術室に入っていった。

なんでも、手術室は【竜医局】の機能がたっぷり搭載された特殊な部屋らしい。

室温や湿度はもちろん、この中では空気が常に清浄に保たれる。内部で用いられる器具や衣服の類も、常に清潔にされるという特別製だ。

事前に中を見学させてもらったが、手術台の周りには四台もの治療用魔導具が設置されていて、なんとも物々しい雰囲気だった。

俺の乏しい知識だと、なんだか怪しい実験をする場にも見えてしまうほどだ。

とはいえ、神竜文明の技術の粋を凝らしている。まちがいなく手術は成功するはずだ。

「もう少しの辛抱だよ。今は、治療がうまくいくことを祈ろう」

俺たちがハラハラする中、手術が始まった。

「皆さん……」

やがて、汗だくになったカトリーヌさんとライルさんが手術室から出てきた。

治療にかかった時間はおよそ三十分ほどだっただろうか。

しかし俺にはそれ以上に長く感じられたし、親しい人の回復がかかっているスピカたちはなおさらだろう。

「結果はどうだった？」

「ええ……大成功です」

俺はほっと胸を撫で下ろした。

成功すると信じてはいたが……こうしてカトリーヌさんの口から朗報を聞けて、安心する。

すぐにアイシャさんとカール国王、カリンさんに会いに行こうとする俺たちを、ライルさんが制した。

「手術は成功しましたが、三人ともかなり体力を消耗しています。心配なさらずとも、明日には元気な姿が見られましょうが……今日は面会禁止です」

「そうなのですね……」

「少し残念です」

スピカとエリーゼは悔しそうだ。

もう少し待てというのはなかなか酷な話だが……今は手術の成功を祝おう。

◆　◆　◆

　そして、その翌日。

　診療所のカトリーヌさんから、アイシャさんたちの面会解禁の連絡があった。それぞれ個室にいるというので、俺は順番に挨拶へ向かうことにした。

「あら、あなたがレヴィンさんかしら？　娘がお世話になっているそうですね。ごめんなさい、私ったら座りっぱなしで」

　ベッドの上で、赤い髪の女性――アイシャさんが一礼した。

　とても綺麗でお淑やかな雰囲気がある人だ。

　俺もお辞儀をする。

「いえ、手術明けで体力も落ちてるでしょうから、無理はなさらず」

「こうして挨拶するのは初めてだけど……私とスピカのことを助けてくれたんでしょう？　本当にありがとうね」

「そんなに感謝されるほどのことでは……それに、俺は……」

　俺はアイシャさんの再婚相手――ドレイクを手にかけている。

　ようやく呪いから解放された彼女はまだ何も知らないだろうが、なんとも気まずい。

「母さん！」

俺がなんと切り出せばいいか悩んでいると、病室に一人の青年が駆け込んできた。

「あら!? あらあら、あなた、もしかしてシリウスなの？ 何ヶ月ぶりかしら。随分大きくなって！」

アイシャさんとドレイクの息子にして、スピカの義弟――シリウスだ。

ドレイクの後始末で忙しくしていたが、なんとか時間を作ってここに来たようだ。

母の言葉を聞いて、シリウスは泣きそうな顔になった。

「何ヶ月って……最後に別れた時から、もう十年は経ったよ……」

「あら、そうなのかしら？ ごめんなさい。私、ずっと眠ってたから」

アイシャさんがのんびりした口調で謝った。

魔族の実験台となり、苦労しただろうに……そんな悲愴感など、欠片も感じさせない。

「でも、こうしてまた会えてよかったわ。今夜は家族水入らずで過ごしましょうか」

「うん」

スピカがアイシャさんの胸に飛び込んだ。アイシャさんは娘の頭を優しく撫でる。

「ほら、シリウスもいらっしゃい」

「え、いや、僕はいいよ。母さんの元気な姿が見られただけで十分だし……」

「もう、そんなこと言わないの」

「うわあっ!?」

シリウスの腕を引っ張り、アイシャさんは息子を抱きしめた。姉弟二人して、母親に撫でられる形だ。

嬉しさで胸がいっぱいという表情をしているスピカに対し、シリウスはなんだか気恥ずかしそうだ。

同じ男として、俺もその気持ちは分かる。

ドレイクについて、アイシャさんに伝えるタイミングを逸してしまったが……今の三人に、水を差すのは躊躇われた。

俺はそっと病室を後にする。

「待って、レヴィン」

病室を出たところで、シリウスが追いかけてきた。

「実は、一つだけ報告したいことがあって」

「報告したいこと？　別にいいけど、アイシャさんのそばにいなくていいのか？」

「ああ。僕たち家族にとっても君にとっても、大事なことだからね」

シリウスはとても真剣な表情だ。

俺は話の続きを待つ。

「父さん――ドレイクなんだけど、どうやら生きているかもしれない」

「なんだって？」

「聖教会に所属する知り合いから聞いた話なんだけど、大陸の各地で魔族の死体が見つかっているそうなんだ。死体はみんな、大きな生物の爪で引き裂かれてるらしくて……僕はそれを、父さんの仕業じゃないかって思ってるんだ。あの人、レヴィンと戦った時に邪竜に変身したんでしょ？」

「大きな生物の爪……」

そういえば、クローニアの元宰相、ゼノンも似たような死体で見つかったと聞いた。

ドレイクは魔族に対し憎悪を抱いている。もし仮に彼が生きていた場合、シリウスの言うようにやつらを殺しにかかるかもしれない。

「もちろん、確証はないけど……死体が見つかった場所から推察するに、犯人は大陸の北へ向かっているみたいだ。念のため、君にも共有しようと思ってね」

なんとも複雑な気分だ。

シリウスにとって、死んだと思っていた父に生存の可能性が出てきたことは吉報だろう。たとえそれが、罪人であってもだ。

一方で、俺としては、かつて倒した男が生き永らえていたことになる。

アリアを無理矢理婚約者にし、カリンさんやエスメレをはじめ、多くの人や幻獣、魔獣たちを非道な実験に使った男だ。

ドレイクに事情があったとしても、俺は許せそうにない。この報告をどう受け止めればいいものか……

「とりあえず、知らせてくれてありがとう。俺も心に留めておくよ」

ともかく、とても重要な話だった。やつが本当に生きていた場合に備え、俺も警戒しておこう。

「あ、そうだ。お礼も言わないと……母を助けてくれてありがとう。君には、感謝してもしきれないよ」

「礼はカトリーヌさんとライルさんに頼む。今回の件は、あの二人のおかげだ」

「それはもちろんだけど、治療のことだけじゃないんだ。魔族から母と姉を助け出し、こうして竜大陸で保護してくれたのは君なんだ。だから、本当にありがとう」

シリウスが深々と頭を下げる。

大したことはしてないと思うが、こうして感謝されるのは悪い気分じゃない。

「それじゃ、僕は病室に戻るよ。ようやく領地の引き継ぎも落ち着いてきたしね。しばらく、ここに滞在するのもいいかもね」

そう言って、シリウスは家族のもとへ戻っていった。


次に向かうのは、カール国王の病室だ。

彼は神竜族のような強い身体を持っているわけではないし、高齢だった。ゼノンに毒を盛られたことで一時は命の危険すらあったが、現在は持ち直しているという。カトリーヌさんたちの治療で奇跡的な回復に至ったらしい。

廊下ですれ違ったアーガスの話によると、今、彼の病室にはエリーゼとゼクスが見舞いに来ているそうだ。

王族たちが集っている場に俺が割り込んでいいものか……カール国王のもとに行くのは日を改めようかと思ったが、どうやら当の本人が俺を呼んでいるそうだ。

俺は病室の前に立ち、扉をノックした。

「失礼いたします」

「やあ、よく来てくれた、レヴィン殿。横になりながらで申し訳ないが、まだ起き上がってはいけないと言われていてな」

ぐったりとベッドに横たわり、白髪の老人――カール国王が顔をこちらに向けた。

「いえ。こちらこそ、治療に時間がかかり、申し訳ございません」

カール国王は竜大陸で行われたエルウィン、クローニアの和平調印式から帰る途中に倒れ、それ以来、この診療所に入院していた。

竜の背の主として、頭を下げておく。

「何を言う。このような奇怪な病から救ってくれたことに感謝こそすれ、責める理由など欠片もない」

「そうだよ、レヴィンくん。君たちが助けてくれなかったら、今頃お父様は……だから、本当にありがとうね」

エリーゼが屈託のない笑みを浮かべる。

確かに、カール国王の病状を思えば、こうして話ができるだけでも奇跡かもしれない。

「さて。皆に揃ってもらったことだし、話に入ろう」

カール国王がゆっくりと口を開いた。

「まず、わしの狭隘な心からエルウィンへの侵攻という愚かな決断を下したこと、ゼクス国王には深く謝罪する」

「謝罪の言葉でしたら、すでに和平調印式の場で受け取っております。過ぎたこと……と簡単に流せはしないでしょうが、此度の一件は我が国と貴国、双方に非があったこと。お互いに未来に向けて協力し合うと約束したでしょう？」

「うむ……そうだな。しかしわしは、国王の座を退こうと考えている」

父親の言葉に、エリーゼが目を丸くした。

「え……？　待って、お父様。そんな話、私は聞いてな——」

「もともと、わしはお前こそ王にふさわしいと思っていた。玉座を譲るのが早まるだけのことだ」

「でも、私は妾の子だから……」

確かに、エリーゼは平民出身の母から生まれた妾の子だと聞いていた。だが、カール国王は彼女の王位継承権を認める声明を出しており、クローニアを率いる資格があると考えていたようだ。

とはいえ、エリーゼが困惑するのも無理はない。

「王位とは最も優秀な者が継承すべきものだ。生まれがどうであろうと関係ない。そもそも、本来であればわしはお前の母を正室に迎えるつもりであった。だが、平民が力を持つことを恐れた一部の貴族の手により、彼女は命を落とした。今となっては推測でしかないが……あるいは、あのゼノンが手を回したのかもしれぬな」

カール国王の話は続く。

「お前は魔導具に造詣が深い。最近では、神竜文明の遺物をも研究しているそうだな。王族にありながらも、貪欲に学び、知識を取り入れようとする姿勢……やはり、お前こそがクローニアを担うにふさわしい」

「でも、急すぎる話だよ……」

「そうだろうな。すぐに結論を出す必要はない。だが、わしはもう耄碌した。これ以上、王の座にいるべき人間ではないのだ」

カール国王はゼノンを登用したことをかなり悔やんでいるのだろう。

自らの決断の責任を取り、玉座を譲るつもりみたいだ。

すでに戦争のきっかけを作ったエルウィンの国王、ドルカスが退位していることも影響しているのかもしれない。

「もっとも、エリーゼが不安を抱えていることは承知しておる。お前はまだ若い。これはゼクス王も同様だな。わしがお前たちくらいの年の頃は、不安でたまらなかった。周囲の臣下たちは本心を隠し、わしを懐柔することばかり考えていた。数百万の国民を預かる責任は重くのしかかり、自分の決断が彼らの明日を左右するかと思うと手が震えたよ。お前たちに戦争で疲弊した国家の立て直しという重責を背負わせてしまうのは、父親たるわしらが不甲斐なかったせいだ」

カール国王の言う通り、少なくともゼクスはかなりのストレスを抱えて日々働いている。

フィルミィミィのバーで彼が愚痴っていたところから察するに、エルウィンとクローニアの対立が解消されてからも、臣下たちと腹の探り合いで胃を痛めていそうだし。

「たとえ話になるが……エリーゼ、お前とゼクス国王とで両国を共同統治するというのも一つの手だ。なあ、レヴィン殿？」

「へぇ～、共同統治ですか。いい案だと思いますが……」

　我がエクエス家の領地経営は父と姉に任せきりだった。正直、俺は政治に詳しくないので、ここはカール国王に話を合わせておく。

「へ、陛下！　お戯れを！」

「そ、そうだよ。さすがに冗談が過ぎるよ！」

　なぜかゼクスとエリーゼが動揺している。

　共同統治……言葉の響きからして、協力して国を治めようって話だろう。何か問題があるか？

「あくまでも一つの手だ。お前たちは幼い頃から仲がよかったからな。あるいはと思ったのだが……」

　カール国王が残念そうにする。

　まあ、国を率いるトップ同士、仲がいいに越したことはないはずだ。

「と、とにかくお父様。その話は追々……ね？　すぐに決められることじゃないし……結婚とか、私にはまだ早いと思うし……」

　エリーゼは顔を真っ赤にしていた。

　もしかして……これはあれか!?　俺が意味を理解していなかっただけで、カール国王はゼクスとエリーゼの婚約を勧めていたのか!?

　ゼクスがこちらを睨む。

「その表情……レヴィン、さてはお前、今まで話を理解してなかったな？」

「……はい」

さすがに恥ずかしい……

俺たちのやり取りを見て、カール国王がわずかに微笑む。

「エリーゼの言う通り、この話はここまでにしよう。実はレヴィン殿。君にどうしても伝えたいことがあってな」

「なんでしょう？」

「うむ。ゼノンについてなのだが……やつは生前、あるものを探しておったのだ」

「あるもの……ですか？」

魔族であるゼノンの探し物、なんだかろくなものではない予感がする。

「我が国には、かつて覇王と戦った十二の英雄の遺産が眠っている。君は知っているかな」

「はい。英雄、シグルドの遺品（いひん）ですね。確か、レグルス殿の持っている剣がそうだったと」

「うむ。かつてシグルドが愛用していたという二振りの聖剣（せいけん）だ。だがやつは、それとは別に彼の遺産があると考えていたようだ。それがなんなのかは聞けずじまいだったが、『あれがあれば、クローニアの力になる』と言って、必死に探しておった。役に立つかは分からぬが、せめて共有しておこうと思ってな」

「お話、ありがとうございます。とても貴重な情報を聞けて助かりました」

この世界には覇王の残滓がいくつか残っている。

シグルドがかつて覇王と相対した存在であれば……セキレイにて、十二の英雄の一人、初代鬼王の身体を乗っ取っていた覇王の残滓のように、なんらかの関わりがある可能性が高い。

この話は心に留めておくべきだろう。

「改めて君には感謝している。わしの体調もそうだが、クローニアとエルウィンの関係が破綻せずに済んだのは君のおかげだ」

「いえ、ゼクス陛下とエリーゼ殿下の尽力の賜物ですよ」

「うむ。君も二人も、本当によくやってくれた。君たちであれば、わしのような愚かな選択をすることはないはずだ。次代の王として、国の未来を頼む……」

しばらくして、カール国王は眠りについた。

完全に体力を取り戻すには長い時間が必要だろう。

俺は部屋を出た。

ちなみに、最後に訪問しようとしたカリンさんの病室には、先客――レグルスがいたため、後日改めて伺うことにした。

さて、最大の懸念点であったアイシャさんたちの体調は戻り、セキレイの呪いも浄化された。

これで、覇王の力、覇王の残滓を発端とする騒動は終結したと言えるだろう。

「ふぅ……衣食住は整っているし、祖国の問題も片付いた。これで竜大陸も安泰かな」

自宅のマッサージチェアに座りながら、俺はたっぷりとくつろぐ。

すると、思わぬ来訪者がやってきた。

「レヴィン殿、ここにいたのか」

「え……？」

二本の角を生やした大男――覇王と戦った十二の英雄の一人である、初代鬼王であった。

セキレイで暮らしているんじゃなかったのか……って、それよりも！

「えっと、その格好は？」

以前はぼろぼろになった鎧を纏っていたが、今は格調高いフォーマルなスーツに身を包んでいる。

「似合っているだろう？　異邦の地を訪れるため、『あるばいと』で貯めた金ではいから な装いを手に入れたのだ」

「大英雄がバイト……？」

「うむ。朝は鉱山で働き、昼は都の飲食店で給仕をして、夜は警備の仕事だ。それを毎日休まず続け、ついに目標金額を達成したのだ」

初代鬼王は初代星王と結婚したと聞くから、本来ならセキレイの王族に相当する立場のはず。それがバイト三昧とは……

「星蘭さんに買ってもらったらどうです？」

「何、我はすでに過去の人間だ。かつての威光を振りかざして、民の税を貪るわけにはいかんと思ってな。『働かざる者食うべからず』ということで、自活しておる」

さすが英雄だけあって、しっかりした考えの人だ。

「ところで其方（そなた）、我が子らがこの地に来ておらんか？」

「白星と黒星のことですか？　知りませんけど」

セキレイで出会った、不思議な少女……白星と、黒星という名の少年。この兄妹は初代鬼王の実の子で、覇王の残滓を滅ぼすために力を貸してくれた。

最後に会ったのは、俺がセキレイの復興を手伝っていた時だ。てっきり、その後は親子揃ってセキレイで暮らしているものと思っていたのだが。

「竜大陸には来ていないと思うけどなあ」

白星は俺とエルフィ、スピカといろいろ冒険したし、黒星の方はアリアとエリスから渾名（あだな）で呼ばれるような仲だ。ここを訪れたら、顔くらいは見せに来るはず。

「二人とは都の小さな家で暮らしていたのだが……一ヶ月ほど前に忽然（こつぜん）と姿を消してしまったんだ。見た目こそ幼いが、あの二人は立派な大人。さほど心配はしていなかったのだが、こうも帰ってこないとなると、さすがに気がかりでな」

「一ヶ月……どんな事情があっても、無断でそれだけの期間家を空けるというのは、考えづらいですね」

白星と黒星には放浪癖（ほうろうへき）があるらしいが、父親との再会を果たした今、無断で長期間家を空けるとは不自然だ。

「うむ。まあ、知らぬというのであれば構わん。折角だし、この竜の大陸にゆるりと滞在しながら、情報を集めるとしよう」

「俺も、何か分かったら連絡しますね」

「感謝する。ところで、一つ尋ねたいのだが、ここに良いあるばいとはあるか？」

「えぇ……」

伝説の英雄からアルバイトという単語は聞きたくない、そんな思いを抱く俺だった。

◆　◆　◆

意外な訪問者を受け入れて、数日が経った頃……またしても、竜大陸は予想外の人物を迎えていた。

「ハハハハハ、ここが神竜の大陸か、なんとも珍しいものばかりだな」

広場にある転移門をくぐってやってきたのは、カーディナルレッドと呼ばれる赤い祭服を纏った大男だ。

そのそばには、疲れた顔をしたライルさんが控えている。

俺は二人に向かって頭を下げた。

「お待ちしておりました。アレクシス枢機卿猊下（げいか）」

「うむ。君がレヴィンくんだな。だが、猊下というのはどうもむず痒い。私は堅苦（かたくる）しいのが苦手でな。もう少し気軽に呼んでくれたまえ。愛称でもいいぞ。アレックスくんとかどうだ？」

「は、はあ……では、アレクシスさんで」

枢機卿と言えば、教皇に次ぐ高位の聖職者だ。

さすがに渾名呼びは恐れ多い。

「まあ、よかろう。君には、とても大事な話があってな……まずは観光をしたい」

「かしこまりました。すぐに大聖堂にご案内を……観光？」

思わず聞き返してしまう。

「うむ。聞けば南国のごとき海のエリアがあり、マリンスポーツやテーマパークなるものを楽しめるとか。まずはそこで、遊興に耽るとしよう！」

あまりに枢機卿らしからぬ宣言に、ライルさんが注意する。

「猊下、我々は遊びに来たわけでは――」

「ライルよ、急かすでない。大事な話があるとはいえ、急ぎではないのだ。よおし、楽しむぞおおお！」

アレクシスさんは拳を天に掲げ、マントを脱ぎ去って走っていった。

慌ててマントを拾い上げ、ライルさんが大急ぎで追いかける。

「ママ、なんだか変わった人が来たね」

「ライルさんは聖職者らしい風格のある人だったけど、あの枢機卿は……とにかく個性的だな」

エルフィの言葉にまったくの同感だ。

それから、俺たちは海エリアのリゾート地を訪れた。

ボートに乗って海に向かい、イルカのような聖獣――デルフィナスたちに引っ張られながら、海上サーフィンをしたり、屋台の食事を片っ端から制覇したり、猩々たちのテーマパークで遊んだり……アレクシスさんの体力は底なしだ。

俺たちは彼に振り回されるようにして、海エリアを満喫するのだった。

そして、あっという間に日が暮れ、夕飯の時間になった。

「はぁ……すみません、レヴィンさん。うちのアホ上司のせいで、とんだご迷惑を……」

海底ホテルの屋上レストランで、ライルさんが深々と頭を下げる。

彼はアレクシスさんに連れ回されて、すべてのレクリエーションをこなしていた。その表情は、とことん疲れ切っている。

いつも丁寧な物腰のライルさんの口から、「アホ上司」なんて悪態が飛び出すなんて……もしかしたら、普段からアレクシスさんに振り回されているのかもしれない。

「ほう!! これがバーベキューというやつか!! 目の前で肉や野菜を焼いていくスタイルとは、なんともワイルドなものだな」

当のアレクシスさんはというと、夕食のバーベキューに興味津々だ。金串を刺した新鮮な野菜と分厚い肉を自ら焼き、次々と頬張っていく。

野菜はリントヴルムの背で栽培した品種で、肉はクローニアの高級品種。そこにセキレイで採れた胡椒を配合した特製スパイスをかけ、エルウィン産のヴィンテージワインをお供にいただく。

豪華なディナーはアレクシスさんを大いに満足させたようだ。

「素晴らしい!!　こんなにみずみずしく味わい深い野菜は初めてだ!!　肉やスパイスも絶品で、いくらでも食べていられるな。よーし、ワインボトルを十本空けちゃうぞー！」

「羽目を外しすぎです。聖職者ともあろうものが――」

「ライルよ、小言を言うな。聖典にも『よく食べ、よく呑み、よく遊び、よく寝て、健やかに育て』と書いてあるだろう!?」

「それは子育ての訓話です。第一、『よく呑み』なんてどこにも書いてないでしょう？　大きな子どものつもりですか！」

「ええい、折角の酒席なのに、うるさいやつよ。ほじほじ」

「耳をほじるなあああ！」

なんというか、アレクシスさんはとても聖職者とは思えない豪胆さだ。

ライルさんが頭を抱えている間も、リゾートでのディナーの時間は過ぎていく。

アレクシスさんはよく笑い、よくはしゃいで、一通り肉とお酒を楽しんだ。そして、いきなり本題を切り出した。

「単刀直入に言う。レヴィンくんには、地上の北部にある国――イースの調査を依頼したい」

「イース……ですか？」

名前は聞いたことがある。

大陸最北に位置する極寒の国で、年中吹雪いており、他国との国交がない閉ざされた国だ。

「噂では、首都に辿り着いた旅人は誰一人おらず、元首の顔と名前さえ知られておらん。聖教会の影響がほとんど及ばないところなのだが、実は最近、不可解なことが起きていてね」

「不可解……ですか？」

「うむ。イースは年中雪が吹き荒れている国だ。我々エルディアは何度もコンタクトを取ろうとしてきたのだが……ここ最近、イースの吹雪は酷くなるばかりで、今やあらゆる生命を拒む死の大地へ変貌したのだ。我が国も調査隊を派遣したのだが、あまりの寒さから撤退せざるを得なかった。わずか一時間の調査であったにもかかわらず、参加者たちは酷い凍傷を負い、数週間が経った今でも完治せず苦しんでおる」

「そんな危険な場所の調査を俺たちに？」

「うむ。無論、報酬は弾もう。このような寒さの中、イースの民は苦しんでいるはずだ。エルディアとしては、彼らを見捨てたくない。聞けば君たちは、この竜の大地の寒冷地を探索したそうじゃないか。その時の経験と知識を貸してほしいのだ」

なるほど。竜大陸の寒冷地エリアは覇王の残滓であるハクの暴走で、極寒の地と化していた。しゅがーを含むララメェたちやトパーズ、ルーイの力を借りてなんとか探索を完遂させたが……

同じことが異国でできるのか？

竜大陸であれば、落ち着いて休める小屋を用意できるし、いざとなったら転移門で都市に帰れた。しかし地上に降りるとなると……状況が違いすぎる。

そもそも、どうして聖教会がこんなことを依頼するんだ？

そこまで考えて、俺はある一つの可能性に思い至った。

「エルディアがイースに興味を持っているのは、聖教会の影響力を広げるためでしょうか？　そのために、俺たちを利用しようと……？」

「レ、レヴィンさん……」

俺の質問を聞いたライルさんがあたふたし、上司の顔色を窺う。

やはり不躾な質問だっただろうか。

「ライルよ、気にしなくていい……とても鋭い指摘だ。確かに、君の言う通りだ」

しかし、アレクシスさんは隠すことなく認めた。

そうなると……俺たちが危険を冒してまで協力する理由は少なくなる。

「さて、これ以上、こちらの手の内を隠すのは時間の無駄だろう。ここからは、全て包み隠さず話すとしよう。現在、我々エルディア聖教国はある懸念を抱いている」

「懸念ですか？」

「近々、魔族による人類への侵略戦争が起こるのではないかというものだ」

アレクシスさんはきっぱりと言い切った。

「それはどういう根拠でしょうか？」

「先日、セキレイからあるものが盗まれた」

「あるもの……？」

セキレイの王である星蘭さん、カエデさんとの交流は続いている。

アレクシスさんの口ぶりから、かなり重要なものを奪われたようだが……二人からはそんな話、聞いたことがない。

「……覇王の残滓だ」

「あ、ありえません！　それは俺たちが倒して――」

「そうだ。やつは君たちによって討ち滅ぼされた。その結果、残滓に芽生えた自我は消去され、純粋な力の塊となった」

「力の塊……？」

てっきり、残滓そのものを消滅させたつもりでいたが、まさかそうではなかったのか？

「恥ずべきことに、我々は覇王の残滓の回収を魔族に先んじられてしまったのだ。実に不甲斐ないことだが」

アレクシスさんによれば、聖教会には祓魔騎士団と呼ばれる魔族の監視と討伐を請け負う組織があって、ライルさんもその一員なのだそうだ。

そんなライルさんが口を挟む。

「アレクシス猊下。我々が後手に回っているのは、内通者の仕業に違いありません。私たちが魔族どもに後れを取るようになったのは、ここ数年のことです。何が目的かは分かりませんが、今回もきっと――」

「そうだな。その可能性はある。だが、何度調査を行っても、内通者は尻尾を掴ません」

どうやら、アレクシスさんたちにもいろいろとあるようだ。

しかし……魔族への内通者がいるなんて、とんでもない話だ。

「話を戻そう。近年、魔族が暗躍している事件は増えつつある。そうしたことから我々は、彼らが覇王を復活させ、再び人類に戦いを挑もうとしているのではないかと疑っている。そのためにエルディアでは大陸中の国家へ極秘に協力を求めているのだが、なかなか応じてくれない国もあってな。その一つがイースだ」

……もしエルディアの予想が当たれば、この世界は大変なことになる。

「イースの現在の気象は、過去の記録と照らし合わせても明らかに異常だ。レヴィンくんにはこれが意味することが分かるのではないかね？」

俺が遭遇した異常気象と言えば、ハクの一件が記憶に新しい。となると……

「イースにも覇王の残滓がいる……ということでしょうか？」

「うむ。君は実に賢(かしこ)いな。我らもそのように考えているが、イースを調べる手段がないのだ。ゆえに、神竜の主たる君の力を借りたい」

覇王の残滓が関わっているとなると、話は変わってくる。

エルフィさんは覇王の残滓を滅ぼすために戦い、志半(こころざしなか)ばで命を落とした。他ならぬ俺とアリアの命を救うために、死んだ。だから俺たちは、彼女の意思を継ぐと決めたのだ。

それに覇王の残滓は、放っておけばセキレイのような悲劇を招く。ならば、俺の選択は一つだ。

「分かりました。どこまで力になれるかは分かりませんが、俺たちも協力します」

極寒の地、イース。俺たちの次なる目的地が決まった。

「それにしても……猛吹雪の中を、どう進めばいいのやら」

家に帰った俺は、イースについて書かれた本を読みながら頭を悩ませていた。

イースは年中雪に覆われた国だが、今は覇王の残滓（？）の影響によって、いっそう吹雪の激しさが増している。

それを考えると、リントヴルムで直接乗り込むのは避けたいところだ。背にある竜大陸がどうなるか分からないからな。

俺は仲間たちに事情を話し、意見を仰いでみた。

「セキレイの時みたいに、私とスピカが竜になってママを連れていくよ」

「それは危険だからダメだ」

エルフィの提案を退ける。

スピカは寒さに弱いし、エルフィだって寒冷地エリアの探索を経て、風邪を引いている。そういった点を考慮すると、二人に飛んでもらうのは不安だ。

そういうわけで、徒歩で向かうことを考えているのだが……イースはどれほど歩けば人里に辿り着くのかの情報がない。ひとまず首都を目指すとしても、どう旅程を組めばいいのかと悩んでいるところだ。

アリアはしばらく考え込んでいたが、何も思いつかなかったのかため息をつく。

「問題は夜だよね。私たちには、雪国のサバイバルの知識なんてほとんどないし、しゅがー……ララメェの力を借りて寒さを凌ぐにしても、一日中はできないよ」

「寒冷地エリアの調査時は神樹の加護がありましたけど、地上では使えませんからね」

その言葉にエリスも同調した。リントヴルムの背を探索した時は、夜間は小屋に籠って寒さを凌げたし、いざという時は都市に戻って態勢を立て直すこともできた。

「また明日、いい案がないか考えるか」

結局、その日は何も結論が出なかった。

◆　◆　◆

果たして、どうやって極寒の地に入ればいいのだろうか。

悶々としているうちに、三日が経った。

その日、俺はアントニオにポムが暮らす小屋に呼び出されていた。

ポムはハクに氷漬けにされていたとは思えないほど元気そうで、今も鼻を揺らしている。

「レヴィン殿、話は聞いている。聖教会から無茶な要求をされて困っているようだな……私は、極地探索用の基地の建造を提案しよう」

極地探索用の基地とは、一体どういうことだ？

アントニオはさらに続ける。

「レヴィン殿が連れ帰った、フロストモナーク――ポムの力を借りるのだ」

そう言って、アントニオがポムの脚を撫でた。

アークベアーのオルガによると、ポムはフロストモナークと呼ばれる希少な幻獣だ。

その背には平たい岩盤が乗っており、家を作れる。かつてはこの種族の背に乗って、移動しながら暮らす神竜もいたとのことだ。

「力を借りるって、もしかして……」

「うむ。ポムは背中に立派な土地を背負っている。まるでリントヴルム殿のようにな。そこに探索用の基地を築き、イースの首都を目指すのだ」

「な、なんだって⁉」

それはまた、スケールが大きい話だ。

探索基地を作るなんて発想、俺にはなかった。

「たとえ覇王の力による吹雪であっても余裕で耐えられる、立派な基地を建ててみせよう」

アントニオの建築の腕前ならば、きっと素晴らしい仕事をしてくれるだろう。

だけど、念のためポムの意見も知りたい。

「僕は大丈夫だよ！　レヴィンさんたちには、凍りついていたところを助けてもらった恩があるからね」

元気いっぱいにポムが言う。

「それに、僕らは昔から竜大陸の人と助け合ってきたからね。僕たちフロストモナークは身体が大きいから、ご飯もいっぱい食べないとダメで……だから、神竜族に背中を貸して、いっぱいご飯をもらってたんだ。神竜族のみんなも、僕らのろーはいぶつ？　は大地を元気にするから、うぃんうぃんなんだって」

「ああ、そういえば、ドルカスが大地を潤す別の要素があるとか言ってたような……」

フロストモナークの老廃物（ろうはいぶつ）が、土地の肥料になるということか。

ポムが乗り気なら話は早い。

「分かった。俺たちは、これから地上のかなり寒い場所を探索する予定なんだ。力を貸してくれると助かるよ」

「任せてよ!!」

「フハハハ!!　マンモスの背中に基地!!　随分とそそられる響きではないか!!　早速取りかかるぞお!!」

高笑いをあげながら、アントニオがポムの背中に飛び移った。

無補給で前人未踏（ぜんじんみとう）のイースの首都を目指す。

荒唐無稽（こうとうむけい）に聞こえる話だが、ここはリントヴルムの背だ。

神竜文明の技術を駆使すれば、それも夢（ゆめ）ではないだろう。

アントニオが基地の設計に取り組む間、俺は必要物資と探索メンバーの選定を行うことにした。

まず問題になるのが食料だ。

それほど素早くないポムだが、とにかく身体が大きい。ゆっくりとした歩みでも、その一歩でかなりの距離を進む。一ヶ月もあればイースの相当奥地まで行けるはずだ。

幸いなことに、竜大陸には【冷蔵庫】という偉大な魔導具がある。

これは内部の温度を低温で維持し、食材の品質を保ち続けるという優れものだ。

保存用の魔法がかかっているから、どんなに腐(くさ)りやすい品であっても、一年は品質を保つことができる。エルフィ曰く、冷凍の機能と併(あわ)せて使えば、五年もの食料保存が可能なのだそうだ。

「あとは住居のスペースか……仮に二ヶ月はポムの背中で暮らすとして、結構な広さが必要になるな。あとで必要な食料をリストアップして、アントニオに食糧庫(しょくりょうこ)を作ってもらおう」

水はフィルミィミィの故郷……妖精族が暮らす湖の清浄な水を貯蔵しよう。そこに浄水装置を取りつけて……

うん。食料問題はなんとかなりそうだ。

「次は探索メンバーか。かなりの危険を伴うから、一人ひとりちゃんと確認を取らないとな」

その後、俺はエルフィたちをはじめとするいつものメンバーに声をかけ、協力を募った。

エルフィはもちろん、アリアとエリスも同行してくれるようだ。

そして、その他のメンバーだが……

「レヴィン、話は聞いたよ。どうか、今回の旅に僕を連れて行ってほしい」

意外なことに、最初に訪ねてきたのは、シリウス、そしてスピカの姉弟だった。

「竜大陸で暮らしているスピカはともかく、シリウスは地上の領地の経営があるんじゃないのか？」

「領地のことは信頼できる家臣に任せるつもりだ。今はあちらも落ち着いてきたし、ゼクス陛下も気にかけてくれるそうだから。思いきって、今回の旅に同行しようと思って」

その答えを聞いて、ふと閃くものがあった。

「もしかして、ドレイクを探すつもりか？」

「はい。シリウスから、お父さんかもしれない人が魔族を倒してるって聞きましたので。大陸の北に向かっているのなら、最北端のイースに行けば会えるかもしれなくて……」

スピカがおずおずと答えた。

最愛の妻と娘を攫われた恨みから、ドレイクは魔族に対する憎悪を燃やしていた。

何者かが北に向かいながら魔族を倒していることを考えれば、スピカたちが希望を抱くのは無理もないことだろう。

俺としては、断る理由がない。

「分かった。よろしく頼むよ……ところで、シリウスとスピカは何か趣味があるか？」

「えっ、急だなあ。僕の趣味は、ワインを呑みながら星空を観察すること……かな？」

「わ、私は特に思い浮かばないので……」

「姉さんはあれだよね。ガラクタ集め」

「ガ、ガラクタではないので!!　宝物(たからもの)なので」

「ガラスの破片とか、ビー玉とか、空き缶(かん)が？」

「ちゃ、ちゃんとぬいぐるみやおもちゃも集めてる……」

姉弟が和気藹々(わきあいあい)と喋っている。

シリウスはなんとも優雅な趣味だ。

スピカの方は、収集癖（しゅうしゅうへき）があるってことだろうか？　そういえば、御伽噺（おとぎばなし）に出てくる竜は巣に財宝を貯め込んでいるものだった。

「とりあえず分かったよ。今の趣味の話、アントニオにも伝えてきてくれるか？」

「いいけど……」

不思議そうな表情をしたシリウスが、スピカと共に去っていった。

「レヴィン殿、話は聞いたぞ。我も同行しよう。いつ出発する？」

「初代鬼王!!」

さらに意外なことに、初代鬼王が探索メンバーに名乗りを上げてきた。

白星と黒星を捜してここにやってきた彼は、日々の宿代を稼ぐためにアルバイト漬けの日々を送っている。

「白星と黒星は見つかったんですか？」

「いや、あれから欠片も手掛かりが得られなくてな。この際、お主について行ってみるのも一興かと思ったのだ。当代の竜の喚び手のそばにいれば、何か予想外の情報が得られるかもしれん」

「さすがに保証はできませんけど……」

「構わん。どのみち、なんの手掛かりもないのであれば、己の直感を信ずるのみだ」

うーん……父親である初代鬼王がそう言うなら、その判断を信じよう。

「分かりました。あなたほどの実力者がついてきてくれるなら、これほど心強いことはありません。

よろしくお願いします」

「うむ。任された」

「ところで、初代鬼王さんは趣味って――」

「その、初代鬼王というのは持って回った言い回しだな」

「え。でも、ご自身の名前を覚えていらっしゃらないし……」

　覇王の残滓を竜樹に封じ込め、その中でずっと戦ってきた影響で、初代鬼王は自分の名前を忘れてしまっている。

　実の子である白星と黒星なら知っていそうだけど、あの兄妹はなぜか自身や家族にまつわる記憶を失っていた。セキレイでの戦いを経て一部の記憶を取り戻したが、まだ欠けている部分が多いという。初代鬼王が父だと思い出せても、彼の名前なんかはまだ分からないみたいだ。

「そうだな。名前がいつまでもないというのは不便だ。よし、ここは一つ、自分で名を付けるとしよう……うむ、ジークというのはどうだ？」

「セキレイ人らしからぬ響きですけど……異国風の名前でいいんですか？」

「フッ。これは共に『虚無(きょむ)の王(おう)』と戦った我が戦友、シグルドの渾名でな。やつはたいそうな戦(いくさ)上手(じょうず)で【常勝将軍(じょうしょうしょうぐん)】と呼ばれていた。そこから付いた渾名が勝利(ジーク)なのだ」

「へえ、そんな逸話(いつわ)が……」

　十二の英雄の物語は知っているが、その話は初耳だ。この人も、一応は英雄なんだと再認識する。

「それじゃ、ジークさん。改めて聞きますけど、ご趣味は？」

「なんだ藪(やぶ)から棒(ぼう)に。見合いか？」

「茶化さないでください。大事なことなんです」

「ふむ……そうだな。やはり、セキレイの温泉巡りだろう。もう千年近く入っていないが……あの身体の芯から温まる感覚は今でも忘れられぬ。己の名前は忘れたというのにな。フハハハハ」

反応しづらい冗談を言い、ジークさんが大笑いする。

英雄のブラックジョーク……なんだか複雑な気分だ。

「えーっと、とりあえず分かりました。考慮しておきます」

「なんだ。反応が薄いな。笑うところだぞ」

「はははは」

乾(かわ)いた声で笑いながら、俺はジークさんを見送った。

すると、背後から声がかかる。

「まさか、かつての英雄まで同行する旅になるとは……なんとも不思議な気分ですね」

「ライルさん！　もしかして、ライルさんも一緒に来てくれるんですか？」

「もちろん。今回の依頼が聖教会からのものである以上、当然、うちからも人員を出さなければフェアじゃないでしょう」

ライルさんは治療術や解呪のエキスパートだ。

彼がいてくれれば頼りになる。

「ちなみに……ライルさんは何か趣味がおありですか？」

「趣味……ですか？　急には思いつきませんね……恥ずかしながら、普段は仕事漬けの日々を送っているもので」

「そうですか……実は、アントニオの提案で、参加者それぞれが余暇を楽しめるようなものを基地に作りたいと思っているんです」

シリウスたちとジークさんに趣味を聞いたのも、それが目的だ。

「なるほど、それは素晴らしいご配慮ですね。でしたら、私に関しては『なし』で問題ありません。代わりに、これがありますから」

ライルさんが懐からボロボロの手帳を取り出した。

「いつかお話ししましたが、私は、日々楽しいと思った出来事をこの冊子にまとめているのです。どんな些細なことでも忘れないようにね」

「かなり年季が入った手帳ですよね？」

「まあ、そうですね。故郷の村が魔族に襲われ、家族や友人を全て亡くした私に、アレクシス猊下が勧めてくれたものですから」

「え……？」

ライルさん、さらっととんでもないことを言わなかったか？

「そういえば言ってませんでしたね。今申し上げた通り、私は魔族のせいで大切な人たちを失いました。祓魔騎士になったのも、彼らに対する憎しみが理由です」

拳を握り、ライルさんが続ける。

「アレクシス猊下は、『憎しみだけでなく、日々の楽しさや喜びを忘れるな』とアドバイスしてくれました。最初は意味が分からなかったものですが……この習慣がなかったら、私は自分の中の負の感情に押しつぶされていたかもしれません。憎しみだけでは、人は生きられないのです」

ライルさんとアレクシスさん、ただの上司と部下にしては気さくな関係性だと思っていたけど、そんな事情があったのか……

壮絶（そうぜつ）な過去に対して、なんと答えたらいいか分からない。

俺が困っていると、ライルさんは頭を下げた。

「あっ、すみません。楽しくもない話を聞かせてしまいましたね。個人的に、フロストモナークの背に建てた基地に乗って旅をするということを、とても楽しみにしています。亡き家族と友人たちへの、いい土産話ができそうです」

そう言い残すと、ライルさんはどこかへ去っていった。

普段は穏やかな彼だが……魔族について話す姿からは、抑えきれない怒りがにじみ出ているようだった。

◆　◆　◆

その一週間後、俺たちは旅の最終準備に入っていた。

イースはかなり広大で、長旅が予想される。

セキレイに行ったとき同様、今回もリントヴルムでの突入を避けた形なので、準備は念入りにする必要があった。

「はいは～い。レヴィンさん、頼まれてた食材、ありったけ持ってきたよ」

馬車を引き連れて、行商人のメルセデスさんがやってきた。

野菜はポムの背中でもどうにかなるのだが、他の食材はそうもいかない。メルセデスさんに調達をお願いしていたのだ。

「言われた通り、肉や魚、乳製品なんかを集めたよ。あとは調味料だね……でも、大丈夫かね？かなりの量だけど、保存用に加工していないよ？」

「大丈夫です。秘密兵器がありますから」

「秘密兵器だって？」

俺はメルセデスさんから受け取った品を運搬しつつ、ポムの背中に完成した基地のキッチンコーナーに案内する。

そこには、多種多様な調理器具が揃っていた。

「こ、これはもしかして、神竜文明で使われていた幻の魔導具なのかい……!?」

数年にわたり食材を保存できる巨大な冷蔵庫はもちろんのこと、作っている料理に応じて理想的な火力を出すコンロや、ダイヤルを回すだけでお手軽に食材を温められるレンジ。水を温めるポットなどなど。竜大陸にしかないような調理器具まであるのだ。

そのうえ……

「これは……菜園？」

「はい。魔導具が自動で肥料や水をあげるんです。屋内なのに、陽の光を当てる機能もあるんですよ」

「はえぇ……」

これがメルセデスさんに野菜を頼まなかった理由だ。

種まき、栽培、収穫、その全てを魔導具が管理する家庭菜園。普通なら何ヶ月とかかるであろう農作業を、数日で済ませてしまえる優れものだ。ついでに鶏を放し飼いにしているので、卵はいくらでも手に入る。

「本当に神竜文明の技術ってのは凄いね〜。ねえ、レヴィンさん。この冷蔵庫ってやつ、売ってくれないかい？」

「タダで譲りますよ？」

「え、タダで!? そりゃ悪いよ!?」

「メルセデスさんにはお世話になってますし……ゼクスたちと話して、いずれはこういう便利な魔導具を地上でも広めるつもりでしたから」

こうした魔導具は、神樹の加護がある竜大陸ではいくらでも作れる。ただ、資材が足りないのでまだ量産化できていない。

神竜が築き上げた高度な技術が共有できるなら、地上の大陸ももっと豊かになるだろう。

「でも……やっぱり悪いから、お金は払うよ。あ、いや。魔導具を量産するなら、材料がいるよね？　鉄とかマナタイトとか、そういうのと引き換えでどうだい？」

メルセデスさんと冷蔵庫の代価について話していると、珍しい声が聞こえてきた。

「外の食材を運んできたわよ。冷蔵庫の中に入れちゃっていいわよね？」

「ありがとうございます……って、アイシャさん？　搬入を手伝ってくれるのはありがたいですけど、身体は大丈夫なんですか？」

寝込んでいた時間が長かったので、少し心配になる。

「もちろん！　レヴィンさんたちのおかげで、完全復活したわよ〜。これから長旅になるみたいだし、今まで眠りっぱなしだった分、しっかりみんなのお世話をしないとね」

朗らかな笑みを浮かべ、アイシャさんが言い切った。

ちょっと待って。みんなのお世話……？

「も、もしかして、アイシャさんもついてくるつもりですか？」

「ダメかしら？」

「ダメというか……つい最近まで寝込んでたわけだし、竜大陸で休んでいてください！」

「だって、元気があり余ってるもの。それにレヴィンさんたちにはお世話になりっぱなしだし……スピカとシリウスが危険な旅に出るんだから、母としてサポートしないと。それに、あの人がいるかもしれないんでしょう？」

あの人というのは……アイシャさんの夫であるドレイクのことだろう。彼女とスピカが攫われて以降のやつのことを、シリウスが教えたらしい。

それを考えると、アイシャさんが同行する理由は大いにあるだろう。

結構な大所帯での旅になる。人手があるならとても助かるのは事実だ。

「もちろん、レヴィンさんがダメと言うならついていかないわ。迷惑はかけられないもの」

「迷惑なんて、とんでもないです！　とても助かります。よろしくお願いしますね」

思いがけない同行者となったが、スピカとシリウスがアイシャさんの側にいられるのはいいことだ。


食材の搬入があらかた済み、俺は基地の外へ出た。

すると、ジークさんが来ていた。庭を見て何やら考え込んでいる。

「おお、レヴィン殿。食材の搬入、ご苦労だった。あのアイシャという女性は大したものだな。竜に変身すると、軽々と荷馬車を掴んでここまで運んできたのだ。我らが手伝う間もなく、全て運び込むとは……さすがは神竜だな」

アイシャさんは、華奢（きゃしゃ）な見た目に反してかなりの力持ちだった。

おかげで搬入作業は想定より早く終わっている。

「それにしても、九人旅とは……随分な大所帯になったたな」

「個人的には、ジークさんが参加するのはかなり意外でしたけどね」

風変わりな性格だが、紛れもなく伝説の英雄だ。

そんな人物と旅ができるなんて、心が躍る。

「ところでレヴィン殿よ。一つ、要望を出してもいいか？」

「基地についてですか？　俺にできることなら」

「うむ。温泉だ。温泉を作ってほしいのだ」

「……え？」

「以前、我の趣味について尋ねてきただろう？　噂では、基地にれくりえーしょん施設を設けるそうだな。しかしどこにも温泉が見当たらない。我は露天風呂が欲しいのだが……」

以前は忙しくて訪れる機会がなかったのだが、セキレイは温泉大国だそうだ。

セキレイ出身のジークさんが熱望する気持ちも分かる。

だけど、さすがのアントニオでも動物の上に温泉を築くのは難しい。だから、彼の要望は保留になっていた。

「温泉って、地下深くから湧いてくるものだし、難しくて……」

「そこをなんとか!!　竜の喚び手なのだろう？」

「いやいや、そんな無茶な……」

「それがどうにかなりそうだぞ、レヴィン殿」

俺の背後からぬっとアントニオが現れた。

いきなり出てこられると驚くんだが……

「おお、猩々の建築家か。貴殿の建てた聖堂は我も目にした。実に壮麗で素晴らしいものであった」

「十二の英雄にそう言ってもらえるとは。感激の極みです」

ジークさんが褒めると、アントニオは深々と腰を折る。

そういえば、アントニオは十二の英雄をモチーフにしたテーマパークの設計者だ。案外、ジークさんのファンなのかもしれない。

十二の英雄のデザインは、ゴリラっぽくアレンジしていたが。

ジークさんが尋ねる。

「それでアントニオ殿。どうやって温泉を？」

「それはですね――」

アントニオが早口でまくしたてるが、専門的すぎて俺にはさっぱり分からなかった。

要約すると、どうやら神竜文明には、温泉を作る便利魔導具があったらしい。

「――というわけで、この【自動で温泉浄化するんデスくん】の登場だ。神竜文明の不思議パワーで、これがあれば、どこであっても温泉に入れるぞ」

「そのままなネーミングだなあ」

俺が呆れている隣で、ジークさんは何やら考え込んでいる。

「レヴィン殿の言う通りだ。多少の趣きがある名称が必要となろう。よし。我が考えた【聖湯浄滅装置】という名を付けるのは――」

「この魔導具であれば、なんとセキレイから源泉を引けるのだ！　これで、長旅においても温泉を楽しむことができるだろう」

アントニオが意気揚々と教えてくれた。

これが本当なら凄い発明だ。

何せ、イースの地はとても寒い。毎日のように温泉に浸かれるなら、これほど嬉しいことはない。

「それじゃあ、その浄化くんとやらを……」

「うむ。早速取りつけよう。うっひょお！」

アントニオは興奮した様子で【製造】を実行し、露天風呂を作り上げた。

難しいと思われた温泉の設置が実現できて、いつになくテンションが上がっているみたいだ。

俺はジークさんに声をかける。

「よかったですね。ジークさん」

「そうだな……これで長旅も潤うというものだ……」

なんだか元気がなさそうだがどうしたのだろう。

そういえば「せいとう」がどうのとか言っていたような……なんだったんだ？


さて、自宅に戻った俺は、旅の同行者の要望をまとめた紙を確認する。

アントニオがほとんど手配してくれたはずだが、漏れがあると怖い。

「エルフィは……『いっぱいのご飯』か。知ってた」

それも、山盛り必要になるのは目に見えている。

エルフィの回答を見越して、俺は向こう半年分の食料を用意していた。エルフィをはじめとする神竜たち、そしてS級天職持ちのアリアとエリスは強い力を持つ分、普通の人より必要とするエネルギーが多い。つまり、食いしん坊だ。

過剰な準備かもしれないが、冷蔵庫があれば腐ることもないし。これぐらいはいいだろう。

「それでアリアは……『ボードゲーム』か。確かに長旅に娯楽は欠かせないな。エリスは『暖房設備とララメェ』。『寒いのは苦手』って言ってたしな。しゅがーたちに、イースまでついてきてくれるか聞いておこう」

しゅがーたちが来られなかった場合の代替案として、防寒着も用意しておきたい。

ちょうど母さんが、ララメェの毛皮からコートを作ってくれていたはずだ。

あれはかなり暖かいだろう。必ず持っていこう。

「スピカは『要望なし』か。『私なんかが恐れ多いですので』って、アントニオに言ってたらしいが……うーん。遠慮しなくていいのに」

ただ、同行していたシリウスが「スピカには収集癖がある」とバラしたそうだ。その情報を元に、アントニオは彼女の個室にコレクション棚を作ったという。粋なはからいだ。

というか、スピカは寒いところがエリス以上にダメだったはず。大丈夫だろうか。

ドレイクに会えるかもと希望を抱いているのだろうが、少し心配だ。

彼女が凍えないように気を付けないと。

「シリウスの『星空を眺められるテラスと極上のワイン』。ワインは準備できているけど、テラスはどうなんだ？」

これからかなり寒い場所に行く。外は猛吹雪だから、テラスがあっても出られないだろう……シリウスは分かってるのか？

スピカの寒がりがアイシャさんからの遺伝だとしたら、彼もかなり寒さに弱いということになりそうだが。

そう思っていたら、紙にアントニオの筆跡で補足が書かれていた。

『シリウス殿の要望には、ワインセラーを用意することで解決を図っている。天窓から星空が一望でき、それでいてぬくぬくと暖かい、究極のリラクゼーションサロンも作っておいた。抜かりはないぞ』

さすがはアントニオだ。彼に限っては、要望漏れの心配などなかったらしい。

「ライルさんは……『要望なし』か」

なんでも「旅の楽しい思い出を記録するから大丈夫」とのことだが……

「『亡き家族と友人たちへの、いい土産話』ね……」

ライルさんが語っていた言葉が、どうにも引っかかる。

彼は魔族への強い恨みを抱いている。同時にそのことに対して……どこか疲れを感じているようにも思えたのだ。

◆　◆　◆

翌日。ついに寒冷地探索用の基地が完成した。

同行者一人ひとりに、広々とした寝室が用意され、リビングルームにはフカフカのソファーをはじめ、書棚やマッサージチェア、神竜たちが運用していた暖炉風の暖房器具などが揃う。ボードゲーム用のテーブルもあり、ゆっくりとくつろぐには最適だ。

それぞれの要望に応え、ワインセラーや露天風呂なども完備されている。首都までの旅は楽しいものになりそうだ。

俺は基地の前にみんなを集めた。

「今回はかなりの長旅になる。目的は、ひどい寒さに苦しんでいるかもしれないイースの人たちの様子を確認することだ。状況に応じて、必要なら救援も行いたい。それに、覇王の残滓があるという見立ても気になる。かなりの吹雪で、酷い寒さになるだろうけど……みんな、よろしく頼む」

エルフィを含む八人の同行者たちが、一斉に頷いた。

小説とかでは、こういうシチュエーションの後には激しい困難が待っているものだが……今回は神竜文明の力で、できうる限りの対策を取った。きっと快適な旅になるはずだ。

あとは旅の無事を祈ろう。

第四章

その日、リントヴルムはイース上空を旋回(せんかい)していた。

上空から首都の位置を探れないかと思ったのだが、吹雪に遮られ目視(もくし)できない。

アントニオの提案通り、直接ポムで乗り込んで、自力で探すしかなさそうだ。

俺たちはイースで起こっている猛吹雪の範囲外ギリギリのところに、ワイバーンたちの協力を受けて降り立った。

そして俺は、【魔獣召喚(サモンビースト)】を唱えてポムを喚び出すのであった。

「ギャオオオオオオオオ!!」

高らかに雄叫びを上げるポムの背中には、しっかりと基地が建っている。

「よしよし。ちゃんとアントニオの用意した基地も載ってるな。一応、中も確認しておこう」

みんなで手分けして中を調べる。

ポムを召喚したら本体だけが来て、背中の基地はその場に置き去り……というケースを恐れていたが、問題なさそうだ。

ざっと調べたところ、ポムの背中に載っていた物資は露天風呂といった大きなものから、食料などの細々したものまで全てあった。

「よし、みんなで乗り込むぞ」

かくして、イースの探索が始まった。


基本的に俺たちは基地の中に籠って寒さを凌ぎ、移動はポムに任せる。

オルガ曰く、寒冷地に住むフロストモナークは寒さに強いらしい。

とはいえ、ここはなんらかの理由で吹雪が激しくなっている。

様子を確認するために、俺は基地の外に出てポムの頭の方へ向かった。

「うぅ……さすがに寒すぎるって……」

ララメェの毛を使った防寒着を纏っているが、それでも寒さが骨身に沁みた。

「ポム、お前は大丈夫か？　かなり寒いけど……」

「うん！　大丈夫だよ！　レヴィンさんには、毎日とても美味しいスープを食べさせてもらってるから、いくらでも頑張れるよ！」

以前、氷の中から助けた時に作ったミネストローネ。あれがポムのお気に入りだ。

魔獣用のフードなども食べさせてみたが、やはりスープがいいらしい。毎日のように食べている。

「よしよし、嬉しいこと言ってくれるなあ！」

ポムの頭を撫でると、楽しげに鳴き声を上げた。

「でも、寒くなったらすぐに言うんだぞ？　お前の体調が一番大事だからな」

返事代わりにポムは元気よく鳴く。

かなり大きなポムだが、オルガによるとこれでフロストモナークの幼体らしい。

つまりはまだまだ大きくなる可能性がある。なんとも途方もない話だ。

◆◆◆

さて、イースに入ってから一週間が経過した。

その日、俺たちはとあるボードゲームを遊んでいた。

プレイヤーは俺の他にエルフィ、エリス、そしてジークさんだ。

盤面には、木や鉱石などが採れる資源の豊かな土地と砂漠、海が広がっている。資源を奪い合いながらここを開拓し、高得点を目指す……というのがテーマだ。

どうやって資源を入手するか、そしてどう活用するかが鍵となる遊びである。

「このゲームには必勝法があるんだよなあ」

プレイヤーはそれぞれのターンでサイコロを二つ振り、出目の合計と同じ数が書かれたマスから資源を入手できる。その資源を用いて、開拓を進めていかなければならない。

もっとも出やすい七はトラップなので、ついで出やすい六と八のマスが狙っていくのが定石だ。

俺は堅実なプレイで資源を集めようとする。

「ふふ。レヴィンさん、本当にそこでいいんですか？」

エリスがにっこりと不敵な笑みを浮かべた。

彼女は難敵だ。まるで俺の心を読んだかのように、確保したいマスばかりを先んじて押さえていくのだから。

「ああ、そこ、俺が取りたかったのに……」

がっくり肩を落としていると、エルフィの番になった。

「平和が一番だよ」

エルフィはマスを取り合う俺たちには目もくれず、誰も取らないような不利なマス目ばかり押さえている。

セオリーを知らないのだから無理もないが、これでは勝てないだろう。

「むう……この陣取りゲームはなんとも複雑だな。交易とはなんだ？　略奪はできぬのか？」

「発想が物騒……」

ジークさんは現代のゲームをやるのが初めてなようで、かなり頭を悩ませていた。

しばらくゲームを進めていくと……

「わーい、また鉄が手に入った！　これで町を作れる！」

「わあ、またエルフィちゃんがいっぱい資源を確保しましたね」

「いや、なんで連続で十二を出せるんだ……？」

「ふふん、日頃の行いだよ。ママ」

不利なマスを取り続けるエルフィは、豪運の持ち主だった。あっという間に点数を稼いでいく。

無邪気に笑う彼女には、どうやら女神の加護が与えられているようだ。

計算高いエリスは的確に俺の作戦を邪魔しては点数を確保していく。おかげで、俺はゲームに不慣れなジークさんと同率の最下位だ。

「ごめんなさい、レヴィンさん」

可愛らしく微笑むエリスだが、そのプレイングはまったく可愛くない。

きっと「他人の嫌がることを進んでやりなさい」という教えを、曲解して育ったに違いない！

「ええい。なぜ、資源が余ると手札を捨てなければならないのだ！　そんなところまで、現実を再現しなくてもよかろう!!」

ジークさんの叫びに笑いつつ、ゲームは幕を閉じた。

結果はエルフィの勝利。エリスは僅差の二着であった。

「わー！　エルフィちゃん、凄いですね」

エリスがエルフィを称え、パチパチと拍手を送る。

「ふふん。女神様はいつも私を見守っているのだ」

得意げなエルフィだが、俺は解せない。

どうして、俺が最下位なんだ……？

「フッ。戦いとは非情なものだ。其方は、もう少し相手の思考を読むといい」

「くっ……初心者に慰められるなんて……」

それにしても、今日までかなりの距離を進んできた。

しかし、周囲には雪景色が広がるばかりで、人の営みはまったく見られない。

さすがに、そろそろ村の一つでも見つかると思ったのだが……

「ぎゃおおおお!!　レヴィンさん、村だよ!!」

その時、基地の外からポムの大声が聞こえてきた。

「ふむ。ようやく人里を見つけたか。だが、大勢で押しかけることもなかろう」

ジークさんの言う通りだ。ひとまず俺とジークさん、ライルさんで向かってみよう。

「むう、妙だな。人の気配がまるでない」

そこは数軒（すうけん）の家がある、小さな集落であった。

しかし、住民はどこにもいない。

「足跡は吹雪で掻き消されていて、行方が分かりませんね。少なくとも、無人になってから何日も経過していそうです。特に気になるのは、家の中が荒らされている……というより、誰かが強引にこじ開け、押し入った形跡があることでしょうか」

ライルさんが指摘するように、雪国だというのに、集落にある全ての家の扉が無造作に開かれていた。どの家も中のものがあたりにちらかっている。

「ふむ……なんとも不思議なものがあるな。レヴィン殿、ライル殿、こちらに来てくれ」

周囲を探索していたジークさんが見つけたのは、ドーム状のガラスで覆われた畑であった。

「農場……？　こんなに寒い場所でそんなことができるのか？」

とても作物が育つ環境ではない気がするのだが、この村では農業が行われていたようだ。

しかも、ダイコンやカブ、大麦などの寒さに強いものだけではなく、温暖な気候で育てられるトマトやブドウなども植えられており、見事に実っている。

その光景を見て、俺は閃いた。

「もしかして、これって神竜文明の遺物じゃないか？　寒冷地でも農業ができるように温度調整する魔導具とか……」

ポムの背中の基地の一角にある家庭菜園。神竜文明の力で作られたそれも、ここと同じように自動で野菜の栽培を管理しているし。

「確かに……中に入ってみると、暖かいですね」

ライルさんの言う通り、ドームの中は適温だ。外気を遮断しているらしい。

しかし……どうしてこんな場所に神竜文明の遺物とみられる代物があるのだろう？

「何者かが押し入った形跡は見られますが、作物は手を付けられていません。魔獣の類ではないのかもしれませんね」

住民が消えた集落。

魔獣に襲われたわけではなく、争った形跡も見られない。

ということは……住民は自発的にここから出て行き、その後に何者かが入り込んだのか？

「いまいち状況が分からないな」

「結論を出すには、考察材料が少なすぎますね。しかし……」

ライルさんが黙り込む。集落の家を眺めて、何か考え込んでいるようだ。

「レヴィンさんは、この家の外装や内装に何か違和感を覚えませんか？」

「違和感……ですか？」

この集落の家はどこも黒いレンガでできている。違和感というほどではないかもしれないが、異質な雰囲気だ。

あとは内装も少しおどろおどろしい。

魔獣の剥製が飾られていたり、部屋の明かりが青白く光っていて不気味であったり……家と言うより、工房みたいだ。

あまり住みたいとは思えない。

「私見ですが、ここは人の住処ではないのでは？　もっと別の何か――それこそ、魔族の住処なのではないかと思ってしまうほどです」

祓魔騎士として魔族を追ってきたライルさんはそう言うが……さすがに信じられない。

ライルさんも本気で言ったわけではないようだ。

「まあ、これは私の勝手な推測ですので。いずれにせよ、ここにはこれ以上の手掛かりはないようです」

「うむ。人がいない以上、ここに留まる必要もなかろう。一度、帰還しよう」

ジークさんの号令で、俺たちは基地へ引き上げた。

◆
◆
◆

最初の集落を見つけてからしばらく経ち、俺たちはさらにイースの奥地に来た。

日中はポムを降りて地上を探索したり、暇な時は屋内の修練場でジークさんに剣術を教わったりして過ごす。

夜になれば豪華な料理を楽しみ、みんなでゲームに興じたり、趣味に没頭したりする。そして最後には露天風呂を堪能し、眠りにつくのだ。

贅沢なキャンプをしているような充実した日々だったが、不可解なこともあった。

「やはり、おかしいですね」

その夜。リビングでくつろいでいると、深刻な表情をしたライルさんが口を開いた。

「これまで、私たちは十数個の集落や村、そしていくつかの町を見つけました。ですが、それらは全てもぬけの殻です。これはどういうことなのでしょうか」

ジークさんもまた、ライルさんと同じ疑問を感じているようだ。

「ライル殿の言う通り、奇妙ではあるな。どの集落も神竜文明の魔導具を運用しており、この過酷な環境の中でもそれなりに豊かに暮らしているようであった。住み慣れた場所を放棄するほどの事情があるとは思えん」

「奇妙と言えば……どの集落も雰囲気がかなり違いましたね」

最初の集落について、ライルさんは「まるで魔族の住処ようだ」と評した。こうした集落は他にも数ヶ所あった。

しかし、進んでいくとなんの変哲もない普通の村も見かけた。

さらには、リントヴルムの背中にある、俺たちが住んでいる都市に似た雰囲気の町まであったのだ。

そのことごとくが無人であるのが気がかりだ。

一体、この地で何が起こっているのだろうか。

「首都で何か分かればいいんだが……」

吹雪が行く手を遮る中、俺たちはところどころに首都までの距離を示す看板が置かれているのを見つけた。おかげで、目的地がある方向は割り出せている。

誰も到達したことのない神秘の都。そこに、この異常事態の答えがあると信じたい。

◆　◆　◆

イースの探索を開始して、一ヶ月を迎える頃。

……結局、これまで寄ったどの村ももぬけの殻であった。イースで非常事態が起こっていることは確かだが、それが何かは分からないままだ。

しかし、そんな俺たちに転機が訪れる。

とうとうイースの首都に辿り着いたのだ。そこには驚くべき光景が広がっていた。

「町が凍りついてる……？」

かつてリントヴルムの背中にあった町は、残骸まみれだった。神竜族が築いたのであろう美しい都市は朽ち、在りし日の面影を残して崩壊していたのだ。

イースの首都は、あの朽ち果てた神竜の都市を完全に復元したかのような、壮麗な都だった。

しかし、その綺麗な町を巨大な氷の塊が丸ごと包み込んでいた。氷は壁となり、外からの一切の侵入を拒んでいる。

見たところ内部に人の姿はないようだ。ポムの背中を降りた俺は目の前の光景に混乱する。

これまで何度か試したが、竜大陸の神樹の機能は使えない。ただ、こうした様子を見るに、イースが神竜文明の影響を受けた地であることは疑いようがなかった。

「訳が分からない……イースの人たちはどこに消えたんだ？」

俺の疑問に、シリウスが仮説を唱える。

「もしかしてイースの人々は、この寒気から逃れるために国外に脱出したんじゃないかな？」

「エルディアの情報網をして、イースの民が国外へ避難したという話は聞こえません。第一、こうも吹雪いているようでは、外出さえ危ういでしょう。この異常気象……恐らく、覇王の残滓の影響でしょうから」

ライルさんの言う通りだ。

イースの探索を進めたことで、俺は確信した。この地には覇王の残滓がいる。

セキレイで戦った個体のような、悪辣さは感じないが……それでも、極めて強力で危険な存在であることは間違いない。

「そもそも、この氷はなんなんだ？　……一体、なんのためにこんなものが？」

氷塊は町を覆い尽くしているが、その理由がいまいち分からない。

「えっと……氷が覇王の力に由来するものなら、ライルさんのお力で解除できませんか……？」

エリスがおずおずと尋ねた。

「無理でしょうね……ポムを覆っていた氷とは、魔力量も呪いの精度も違いすぎます。魔力量の差以上に、用いられている術式が複雑すぎるんです。エルディアのすべての祓魔騎士を集めたとしても、これを解くのは不可能でしょう」

ムーンラビットのハクが作り出した氷は、ライルさんでもなんとか解除できるものだった。今はあの時のようにはいかないらしい。

どうしたものかと俺はなんの気なしに氷に触れてみた。

すると……

「ママ、見て。氷が……!?」

エルフィが目を瞠った。

俺が触れた瞬間、町を覆う氷の一部が変化し、扉の形となったのだ。

ちょうどポムが通れそうなほどの、絶妙な大きさだ。

扉が俺たちを迎え入れるように開かれる。

その様子をしげしげと観察し、シリウスが言う。

「……どうやら、町の奥にある城に通じているようだ。まるで僕らを歓迎しているみたいだね。なんとも怪しいけど……レヴィンはどう思う？」

「ここまで何も手掛かりがなかったしな……」

何か情報を得るためには、この向こうに行ってみるしかないだろう。

しかし、みんなを連れていっていいものか……

「ふむ。レヴィン殿、どうやらいらぬ心配をしているようだな。大方、この妙な招きに応じて、皆を危険に晒すことを恐れているのだろう」

ジークさんに胸の内を看破されてしまった。さすがは古（いにしえ）の大英雄だ。

「だが、我は英雄とも呼ばれた男だ。臆するものなど何もない。其方がこの先へ行（ゆ）かんとするのであれば、迷いなくついていこう」

「そうだよ、レヴィン。この先に、イースで起きている異常事態の答えがあるかもしれないし、早く行こう。大丈夫。何が起こっても、必ず私が守るから」

ジークさんとアリアの言葉に、みんなが頷く。

どうやら、仲間たちの覚悟は決まっているようだ。

「分かった。それじゃ、この扉をくぐろう。何が起こるかは分からないから、みんな気を引き締めて」

ポムの背中に戻り、俺たちは進む。

やはり町に人影はない。完全に凍りついているようだ。

しばらく進んでいくと、城へ繋がる橋を渡った先に黒い鉄扉があるのが見えた。

ポムが近づくと、鉄扉が勝手に開く。

どうやら地下へ続いているみたいだ。

「よし、通ってみよう」

俺の掛け声でポムが扉をくぐり抜けた。

扉の先には、とんでもない光景が広がっていた。

「ここは……氷の世界？」

そこにあったのは、地下にできた町だった。

大陸の最北に位置するイースの地下だけあって、床や壁、天井の至るところが凍てついている。

その光景に目を奪われていると、近くにいたシリウスが防寒着を脱いだ。

「とても寒々しい光景だけど、ここはあまり寒くないね？」

「確かに。防寒着がなくても、ここからはなんとかなりそうだな」

一見すると極寒の国という形容が思い浮かぶ地下世界だが、寒すぎず、ちょうどいい気温だ。

その理由はすぐに分かった。

「見て。ママ、あれって神樹にそっくりだよね」

入り口から遠く離れた地下の中心に、巨大な木がそびえ立っている。

エルフィの言う通り、見た目は神樹によく似ている。あれが神樹だとすれば、ここの気温が快適なことにも説明がつく。

恐らくここは竜大陸やセキレイと同じように、神竜の背中の上にある土地なのだ。

「ようこそ、レヴィン様」

「えっ？」

ポムの足元から声が聞こえた。

「ここは大陸竜、ニーズヘッグの加護を受けた都市――イースヘイム。あなたの来訪をお待ちしておりました」

ポムから降りると、そこには真っ白な毛並みのリスがいた。普通のリスに比べてかなり大きく、俺の膝下ぐらいまである。

「私は聖獣のラタトスク。名はリックと申します。我が主から、今日、あなた方がやってくると聞いておりまして。いろいろと話がございます。急ではありますが、我が主の住む城……ニブルパレスにお越しいただいてもよろしいでしょうか？」

リックに案内されて、俺たちはニブルパレスというらしい氷の宮殿(きゅうでん)へ向かう。

城の周りは繁華街(はんかがい)となっているようだ。人の姿がまったくなかった地上と違って、なかなか賑わっている。

しかし、驚くべきことは他にもある。

「もしかして……ここには、神竜族がいるのか？」

見た目こそ普通の人と変わらないが、通りすがりの何人かからは神竜族の気配を感じた。

「ええ、もちろんです。覇王との戦いから逃れた者たちが、たくさんこの地に流れ着いたのです」

リントヴルムの背には、神竜族の生き残りはいなかったが……遠くイースの地で、ひっそりと暮らしていたのか。

「エルフィ、よかったな。念願の、神竜族の仲間がこんなに……」

「うん。本当によかった……」

エルフィは、神竜族の生き残りを探していた。

大勢の生存が確認でき、嬉しそうにしている。

ところが、急にライルさんが足を止めた。

「待ってください。これはどういうことですか？」

リックに疑問を投げかけるその表情は、なぜか怒りに満ちている。

「いかがなされましたか、ライル様？」

尋ね返すリックに、ライルさんは静かに言った。

「ここで暮らしているのは、神竜族だけではありません。そこかしこに魔族の気配を感じます。姿は見せないようですが……家に店に、至るところに隠れていますね？」

「なんだって？」

俺には気配は感じ取れない。ただ、ライルさんがそう言うのであれば事実なのだろう。

「え、ああ、それはよくお気付きですね。主には彼らの存在は秘密にしろと言われていましたが……バレてしまってては仕方がありませんね……はい、確かにここには魔族がいます。イースは人と神竜、そして魔族が共存する国なので」

「共存……？」

ライルさんの眼差しが鋭くなる。

彼は魔族によって故郷を滅ぼされた。リックの言葉がとても信じられないみたいだ。

重たい雰囲気に、ジークさんが口を挟んだ。

「ふむ。ライル殿、どうかしたのか？　確かに、我も魔族の気配を察知しているが……やつらからは敵意を感じない。少なくとも、今は気にせずともいいだろう」

「……そうですね。すみません」

ジークさんの言葉で、ひとまずこの場は収まった。

魔族が共存する国……とても信じられない。


それから程なくして、俺たちは宮殿に辿り着いた。

リックに案内されて通されたのは、謁見の間。そこでは銀髪の女性が待っていた。

柔和な笑みを浮かべており、見かけは特に変わったところがない。

しかし、どこか神秘的というかミステリアスというか……とにかく、不思議な雰囲気がある人だ。

「ようこそお越しくださいました。私の名はソフィア。このイースで、予言の神子と呼ばれております」

両目を閉じたまま、その上を覆うようにアクセサリーを付けている。ソフィアさんは盲目なのだろうか。

玉座を立ち、彼女は迷いなくこちらに近づいてきた。

佇まいから、ただものでないことが窺える。

「あなたが、竜の喚び手——レヴィンさんですね。来てくださるのを、心よりお待ちしておりました」

「え……？」

どうやら、ソフィアさんは俺のことを知っているようだ。そういえば、リックも俺とライルさんの名前を言い当てていた。

初対面なのに……どうしてだろう？

アリアたちも不審に思ったのか、彼女を警戒している。

「あっ、お、驚かせてしまって、すみません、すみません！　突然、名前を呼んで不自然でしたよね」

何を思ったのか、急にソフィアさんが挙動不審になった。

それまでの威厳たっぷりな佇まいから一転、急に腰が低くなる。

……なんとも調子が狂う。

「えっと、その、そう……！　私は未来を見ることができまして……」

「み、未来……？」

俺のそばで、エリスはますます警戒を強めた。

それが本当なら凄まじい能力だ。ただ、にわかには信じがたい。

「ど、どうすれば信じて……あっ！　レヴィンさん、危ない！」

「えっ⁉」

突然の出来事であった。

ソフィアさんが何かに気付いたような顔をして、俺目掛けて走ってきた。

ところが、何もないところでつまずき、転んでしまう。

「うわぁ⁉」

勢いを殺しきれず、ソフィアさんは思いきり俺に突っ込んだ。

腹部にタックルされたかのような衝撃が走った。

「……ごふっ⁉」

結構痛い。だけど、それはいい。それはいいのだ。

ソフィアさんはというと……

「も、申し訳ございません、とんだご無礼を……あ、痛っ⁉」

天井から落ちてきた照明が頭に当たり、痛みに呻いていた。

もしかして、俺を守ろうとしてくれたのか？

「えっと、大丈夫ですか？」

「す、すみません。すみません。照明が落ちるのが見えたので、助けようとしたのですが……」

頭を押さえながら、ソフィアさんはゆっくりと立ち上がった。

どうやら、落ち着いた見た目に反して、かなりおっちょこちょいなタイプのようだ。

「えっと、俺は気にしていないので……それよりも、今のって……？」

照明が落ちるよりもかなり早く、ソフィアさんは走り出していた。

彼女は「照明が落ちるのが見えた」と言っていたが。

「あ、はい。私の能力です。未来を見通せるのですが……さっきは、落ちてきた照明がレヴィンさんの頭にぶつかる景色が見えまして」

ソフィアさんによれば、こうして未来を変えることもできるらしい。

盲目であるのに行動に迷いがないのは、未来を見ながら動いているからか。

「なるほど。それで俺たちの名前を知ったんですね？」

「はい。特にレヴィンさんには、お願いしたいことがございます」

「お願いですか？」

ソフィアさんは、謁見の間の背後にある木の幹を指差した。

地下に入った直後に見えた、神樹に似た大木の一部だろう。

「この神樹はかつての覇王との戦いで損傷し、今ではこの地下世界の気候を維持するのがやっとの状態なのです。地上でいくつか魔導具をご覧になったと思いますが、あれらは全て覇王との戦い以前に作られたもので……」

それほど長い間、利用されていたとは……さすが神竜文明の魔導具、耐久性が凄い。

「やはり、この木は神樹なんですね。ということは……」

「今は眠りについていますが、大陸竜ニーズヘッグはこの地下世界を支え続けています」

リントヴルム、セキレイの太陰黎帝に続く、新たな大陸竜……！

しかも、他の大陸竜とは異なり、ここでは神竜族の生き残りが暮らしている。

加えて、魔族までいるというのだから、かなり不思議な場所だ。

「それで、お願いというのはなんでしょうか？」

「ええ。実は現在、イースは魔族の襲撃を受けているんです」

「魔族が……？」

これまでの道中、いくつかの集落を見つけたが、どれもがもぬけの殻となっていた。

そして、どの集落にも誰かに押し入られた形跡がある一方で、争った痕跡はなかった。

「もしかして、イースの人たちが地上にいなかったのは……」

「魔族の襲来を予知して、全ての国民にそれを知らせたからです。皆には地下へ避難してもらいました」

なるほど。これで地上が無人だったことにも納得がいく。

地下に移った国民は皆、ニブルパレスの城下町に逃れたという。

「イースには魔族がやってきているんですね。もしかして、ここ——地下にもですか？」

「はい。地上の城からこちらへ繋がる道は塞いだものの、他のところまでは手が回らず……」

「それじゃ、首都を包んでいたあの氷はソフィアさんの力で？」

「はい、まあ」

かなりの力技で、魔族の侵入経路を塞いだらしい。

しかし、あの巨大な氷塊を生み出したことといい、予知能力といい……ソフィアさんは何者なんだろう？

凄まじい力の持ち主であることは間違いないが。

「このイースには、地下世界に至るための入り口がいくつかあります。どれもなかなか人が立ち入れない場所にあるのですが……魔族たちは、そこから侵入してきているようなんです」

「その撃退を俺たちに頼みたいと？」

「はい。我が国の民は戦いとは無縁の暮らしを送ってきました。そのため、自分たちだけでは侵入してくる魔族に押し負けてしまいそうで……私の予知によれば、魔族たちは一直線にここ……ニブルパレスを狙ってきます。そこで、リントヴルムの神樹の力をお借りできないかと」

「なるほど、そういうことでしたか」

ソフィアさんは魔族に対抗するために、リントヴルムの神樹とイースの神樹をリンクさせようというのだろう。

「無論。報酬もお支払いいたしましょう。そう……イースにある覇王の残滓を差し出すというのはいかがでしょうか？」

「え……？」

今、覇王の残滓と言ったか？

「イースの残滓はセキレイのものとは異なり、暴走していません。レヴィンさんたちのお力であれば、破壊することは容易いでしょう」

その言葉を聞いて、ライルさんが口を開く。

「それは願ってもない話です。ですが、少し不思議ですね」

「ええっと、不思議というのは？」

怪訝そうなソフィアさんに、ライルさんは疑うような視線を向けた。

「あなたは今、覇王の残滓は暴走していないと言っていました。ですが、地上は猛吹雪に襲われ、人が住むのは不可能な環境となっております。これは、覇王の力が暴走しているからではないのでしょうか……？」

確かに。地上の吹雪は、恐らく覇王の力によるものだ。

あれが暴走ではないというのは、どういうことなのだろうか。

「その……詳しくは言えませんが、あれは魔族の侵入を阻むために我々が望んで引き起こした現象です。彼らは強靭な肉体を持つので寒さにも耐性がありますが、それでも地下への入り口を探すのを妨害することができました」

「あなた方は覇王の残滓を利用していると？　あれは忌まわしき覇王の遺物ですよ？　そもそも、どうしてここには魔族が住んでいるのです……！　私には、納得できません」

いつも穏やかなライルさんにしては珍しく、語気が強い。

「それは分かっております……ですが、この国にとっては必要なことなのです。無論、あなたの境遇を思えば、その心情もお察しいたしますが――」

「勝手に、こちらを見透かしたようなことを言うのはやめていただきたい！」

拳を強く握り、ライルさんが声を荒らげた。

「……すみません、取り乱しました。ともかく、そちらの考えは理解いたしました。取り引きに応じれば覇王の残滓を渡すというのであれば、祓魔騎士として、これ以上は何も言いません」

そう言って、ライルさんが踵を返す。

「申し訳ありません、レヴィンさん。少し、体調が優れないようで……先に基地に戻っていますね」

ライルさんは俺にそう言い残し、謁見の間を出ていった。

あとには俺たちと、重たくなった空気だけが残される。

他の仲間はライルさんの豹変ぶりに唖然としている。俺はあの人の過去を知っているとはいえ、あんな風に感情を剥き出しにするとは思わなかったから驚いた。

ライルさんの姿が見えなくなると、ソフィアさんはその場にへたり込んでしまう。

「ああ……また、やってしまいました。勝手に他人様のプライバシーを覗き見るなんて……最低です……」

ソフィアさんは失言したことを猛省しているようだ。

なんだか微妙な空気だが、突っ立っているわけにもいかない。

「えっと、ソフィアさん、まずは何から取りかかれば？」

今後についての話し合いを進めよう。俺が尋ねると、ソフィアさんは慌てて立ち上がる。

「えっと、その、レヴィンさんにお願いしたいのは神樹のリンクです。そうすれば、このイースの神樹がパワーアップしますから。もちろん、レヴィンさんがお嫌でしたら、無理強いはできませんが……」

「いえ、ぜひやらせてください。ここがこれから魔族の襲撃を受けるなら、協力しない理由はありませんから」

「ありがとうございます。助かります」

ソフィアさんの頼みを正式に引き受けて、俺たちはイースヘイムを魔族から守るために動き出した。

覇王との戦いで傷ついたニーズヘッグは、地下深くに身を潜め、眠りについたらしい。

当時の人は暗い地下ではなく、地上での暮らしを望み、ニーズヘッグから様々な魔導具や資源を持ち出した。

そのため、このあたりにはニブルパレスと最低限の家々しかないそうだ。

つまり、ろくに防衛態勢も整っていない状態で、イース各地から押し寄せる魔族たちを相手にしなくてはならない。

ニブルパレス周辺に防壁を築こうにも、資材が足りず、地上から避難した人たちのための食料も底を尽きそうな状態だという。

まず俺は、この地と竜大陸の神樹をリンクさせることにした。

そして、リンクを完了して真っ先に転移門を設置する。

竜大陸から食料を運び込み、ひとまず食の問題を解決しようという作戦である。

「やれやれ……まさか、このワシが極寒の地で農業をする羽目になるとはな」

最初に呼び寄せたのはドルカスだ。彼は《農家》の天職を持ち、リントヴルムの背で最も農業に明るい人物だ。俺は彼に農地を作ってもらおうと考えた。

「そう言いつつ、かなり気合が入ってるんじゃないか？」

ニブルパレス近くの平地は長らく放置されていたため、かなり荒れていた。ドルカスは愚痴を吐きながらも、手慣れた様子で農地を整備していく。

それなりに広い土地だが、ドルカスは休まず働いて徹底的に小石や小枝を撤去した。今は片っ端から土を耕(たがや)している最中だ。

以前の彼からは想像できない勤労さで、手際もかなりいい。

「フン。戦(いくさ)の前の腹ごしらえは重要だからな。ワシがやるしかなかろう」

「だけど、一人でここを耕すのは骨が折れるだろ？」

「まあ、確かにそうだが……」

ドルカスのやる気はかなりのものだが、それでも一人でやれることには限度がある。

ここは俺も手伝うとするか。

広い農地候補をざっと見回していると、誰かがやってきた。

「うおっ⁉　つ、角⁉」

ドルカスが俺の後ろに隠れる。

農地にやってきたのは、角を生やした人たち……恐らく、イースに住む魔族だった。

「あの、話は聞きました。ここを整備して、農業を始めるんですよね？」

「僕らは地上の集落で農業に従事していました。何かお手伝いできないかと思って」

穏やかな声で、魔族たちが手伝いを申し出る。

「お、おう。そういうことか。確かに人手が増えるのはありがたい……」

かつて覇王と手を組んで人類を滅ぼそうとした魔族は、多くの人にとって恐怖の象徴だ。

彼らに答えつつもドルカスはすっかり腰が引けていて、俺の背中にしがみついている。

「お二人が我々を警戒する気持ちは分かります。ですが、我々はかつての戦いには参加せず、このイースで神竜族や人間との共存を選んだ魔族。受け入れてくれたソフィア様のためにも、戦いは苦手ですが、此度は全力で敵を迎え撃ちます！」

魔族たちが拳を握って、気合を入れた。随分とソフィアさんを慕っているようだ。

俺もドルカスも、一瞬身構えてしまったが……話してみると、彼らからはなんの悪意も感じない。

そう思った直後、俺とドルカスの間に光の柱が現れ、中からソフィアさんが現れた。転移の魔法だろうか。

「ご紹介いたしましょう！　ミアハ村のアロイスさんたちは、千年近く、ここで農業を営んでいる一族。魔法を駆使した農業のスペシャリストです。とても美味しい野菜を作り、この国の食料事情を支えてきました」

「土魔法で畑を耕すのが得意です!!」

「水やりは魔法でさくさくできます！」

魔族のうちの二人が、自分たちの特技をアピールする。

「彼らであれば、間違いなくドルカスさんのお役に立てるでしょう」

ソフィアさんが締めくくると、魔族の人たちはうんうんと頷いた。

「むう。そう言うのであれば、遠慮なく力を借りるとしよう。よし、レヴィンよ。ここはワシらに任せよ。最高の食材を提供してやるわい」

こうして、イースの食料生産の体制が整えられ始めた。

◆　◆　◆

俺の仲間たち、そしてこの地で生きる人たちはそれぞれの得意分野を活かして動き始めた。

アリアとエリス、ジークさんは兵の訓練を行っている。ライルさんは魔族との関わりを避けているようだが、竜大陸からやってきたカトリーヌさんと一緒に、【竜医局】を使った医療体制の構築を進めているみたいだ。

仲間たちが各々の仕事を進めていく中で、意外なことを試している人物もいた。

ある日、ドルカスと魔族の人たちが整えた農地の様子を見に来た俺は、その隣に不思議な施設ができているのを発見した。

　これは……醸造所か？

　俺が入り口で戸惑っていると、施設の中からシリウスが出てきた。

「えっと……シリウスはここで何をしているんだ？」

「ワインの醸造だよ。とりわけ、短期の発酵期間である程度の味わいを出せるように研究しているところだ」

　ワイン……？　一体、どうしてそんなことを？

　嗜好品は確かに喜ばれるだろうが、敵の襲撃を控えている今、優先すべきことではないような気も……

　俺が考えていることを察したのか、シリウスは唇を尖らせた。

「レヴィン、少し勘違いをしているみたいだね。これもあくまで、イースヘイムを防衛するためなのさ」

「どういうことだ？」

「ここには、グレープウルフが生息しているらしいんだ」

「グレープウルフ……って、まさか……！」

「ああ。世にも珍しい、ワインを醸造する魔獣だよ。彼らは採取したブドウを発酵させ、独自のワインを作ると言われている。ブドウ畑を荒らすことから駆除が進み、絶滅したと言われていたけどここで生き延びていたんだ」

グレープウルフというのは、二足歩行の極めて珍しい狼系の魔獣だ。

手先が器用な彼らは、不思議なことにワイン造りが趣味だ。そして、忘れてはいけない特徴がもう一つ……

「もしかして、グレープウルフの軍団を作るつもりか？」

「その通りだよ。彼らは、ワインを呑むことで計り知れない力を発揮する。きっと、魔族との戦闘でも役に立つはずさ」

「確かに、酔った彼らの戦闘力は幻獣にも匹敵するらしいけど……」

俺には思いもよらなかった作戦だ。

それにしても……シリウスはかなりのワイン好きだな。

ある予感を抱き、俺は恐る恐る尋ねる。

「もしかして、シリウスがワインに詳しいのって……」

「ああ、父の影響だよ」

アイシャさんとスピカが攫われた時、シリウスは異国へ留学に向かったばかりだった。そのため、ドレイクが追い詰められていく姿を目撃していない。

「記憶の中の父はとても穏やかで優しい人だった。立派な領主になれるように勉強や剣術を教えてくれて、食事の時はよくワインのうんちくを語ってた。僕はそんなに美味しい飲み物なのかと思って、呑みたいとせがんだけど……父は、『絶対にダメだ』と言って聞かなかった」

……ドレイクも普通のお父さんだったんだな。シリウスが遠い目をする。

「ある日、僕は父がコレクションしていたワインボトルを一本くすねて、こっそり呑もうとしたんだ。でも、すぐに父に見つかってこっぴどく叱られたよ。その時に『そんなに呑みたいなら、これはお前が大人になったときのために取っておいてやる』って言われたんだ……そういう出来事があったからか、僕はワインにのめり込んでね。結局、あのボトルは一緒に呑めなかったけど」

「そう……か」

俺は言葉に詰まった。涙が込み上げそうになり、唇を噛んで堪える。

するとシリウスは慌て出した。

「ど、どうしたんだい？　普通の親子のエピソードだと思うけど……」

「普通だからだよ。シリウスにとって、ドレイクは子ども想いのお父さんだった。だけど、そんな男が、とても許されない犯罪に手を染めたんだ。あいつの人生を狂わせた魔族たちに、腹が立って……」

やつらがドレイクの家族に手を出さなければ、あの男が復讐心に身を焦がすことはなかったはずだ。

シリウスはよき父と共に今でも幸せに暮らしていて、とっておきのワインを仲良く空けていたに違いない。

それだけに、やつらの行いが許せない。

「シリウス。魔族の侵攻を必ず食い止めような」

「ああ。そうだね」

◆　◆　◆

各々が襲撃に備えて自分のできることに取り組み、数日が経った。イースヘイム中にソフィアさんの声が響いた。

『皆様、魔族が迫っています。迎撃の準備をお願いします』

どうやら、予知で魔族の襲撃を感じ取ったらしい。

脳に直接届くソフィアさんの念話をきっかけに、みんなが警戒態勢に入る。

防壁は未完成、戦闘員の訓練は始まったばかり。迎撃の準備はほとんど進んでいなかった。

だが、やるしかないだろう。幸い、こちらには心強い味方が大勢いる。

ニブルパレスに設置された転移門から、アーガスと猩々がやってくる。

「レヴィンさん、猩々たちを連れてきましたよ。僕らもぜひ加勢させてください」

物々しい鎧を纏った重装歩兵。軽装の弓兵。ローブを着た魔術士。

バリエーション豊かな猩々の兵士たちが並ぶ。一切の乱れがない動きだ。

彼らとイースの兵たちは、ジークさんがまとめあげる。

「レヴィン殿、魔族がニブルパレス、そして城下町に至るためには周囲にある四ヶ所の橋を通るしかない。城壁が未完成ゆえ、防衛は困難だが……三つについては我とアリア殿、エリス殿が分担して守ろう。其方には、残りの一ヶ所を頼みたい」

「えっと……エルフィたちはどうすれば？」

「魔族の中には空を飛ぶ者もいる。神竜族には空からの襲撃に備えてもらうべきだろう」

ジークさんの指示で、四方に戦力が配備されていく。

「え、待ってください。ジークさんはお一人で南を守るつもりですか!?」

「うむ。ソフィア殿の見た予知を、共有してもらったからな。南は我一人でも十分に対処できる数ゆえ、我だけで抑える。その分、他の防衛に戦力が割けるだろう？」

確かにジークさんは古の英雄の一人だけど……大丈夫だろうか。

少し心配だが、彼を信じるしかない。

「よし、ひとまず配置は完了した。魔族の戦闘力は計り知れない。だが、こちらには神竜の加護がついている。恐れずに戦うのだ！」

ジークさんの激励のしばらく後、無数の魔獣、そして魔族が現れた。

魔族の多くは、魔獣を従わせる力を持つという。魔獣たちは邪悪な魔力を注がれて洗脳されている状態だ。

テイマーとして、こうした連中の相手はとてもやりづらい。

しかし、こちらもニブルパレスを守る使命がある。躊躇するわけにはいかない。

北方から迫る敵を見据えながら、俺は剣を構えた。

するとその時、背後から凄まじい轟音がした。

「え……？」

振り返ると、遥か彼方に吹き飛ばされていく無数の魔族が見えた。

「レヴィンさん、実は――」

走ってきた兵士の報告によると、これはジークさんの仕業だそうだ。

俺たちが前の敵に警戒している間に、彼は南の橋に殺到した敵を全て片付けてしまったのだ。

デタラメな強さを見て、味方が一斉にざわつく。

「凄い……あれが十二の英雄の一人……」

「彼がいれば勝てる！　勝てるぞ!!」

みな、古の英雄の戦いぶりに鼓舞されたのか、敵に向かって果敢に挑んでいった。

東の橋と西の橋でも戦いが始まったみたいだが、そちらはそちらで、とんでもない轟音と振動が伝わってくる。

どうやらアリアとエリスが敵を屠っているようだ。

「みんな凄いな……」

俺も負けていられない。

【竜化】して肉体を強化し、ルーイとヴァルキリー三姉妹を召喚した。

「ご主人様！　今回の敵は魔族ですか？　任せてください！」

ルーイが勇んで叫び、喚び出した相棒たちが臨戦態勢に入る。

「うおっ……テイマーがいるぞ……」

「フン。何がテイマーだ。所詮は我らの下位互換に過ぎんわ」

一瞬たじろいだ魔族たちだが、すぐに勢いづく。

彼らも魔獣を操れるため、俺のようなテイマー風情(ふぜい)は脅威に感じないのだろう。

それは大きな過(あやま)ちだと、教えてやる必要がある。

「ご主人様を馬鹿にするな！」

ルーイが凄まじい火炎の吐息を吹きかけた。

それはあっという間に魔族を呑み込むと、彼らを燃やしていく。

「うおっ……あの魔獣、なんて火力だ！」

「我々も後に続くぞ！」

続けて、大剣を振るったルビーが味方を率いて突貫した。

背後からはサフィールが無数の弓矢を放ち、トパーズは太陽を思わせる光球をいくつも放つ。

魔族が動揺する。

「うお⁉　神の御使(みつか)いであるヴァルキリーだと……⁉　そんなものとまで契約しているのか……」

「まだまだ！　ここが一番、敵が多いからな」

そう叫んだ俺は、戦いながらさらに仲間を喚んだ。

「今度は僕たちの出番かな？」

マルスをはじめとするイルカに似た空飛ぶ聖獣——デルフィナス。彼らは一斉に水を操って、魔族を押し流した。

「レヴィン殿、あとは任せてくれ」

そう言ったのはアークベアーのオルガだ。Ｓ級天職持ちを圧倒するほどの戦闘力を持っているだけあって、まるで嵐のような勢いで魔族たちを蹴散らしていく。

そして、十分ほどが経過した頃。

「な、何が起こっている……人より優れた力を持つ我々が壊滅だと……？」

生き残った魔族は唖然として戦場を眺めていた。

俺が引き受けた北はもちろん、他の橋を攻略しようと仕掛けた魔族たちが散り散りに逃げていく。

並の人間の数倍の戦闘力を持ち、数でも俺たちを圧倒していた魔族。それでも、俺たちの完勝だ。

ここに集まっているのは、人の中でも並外れた力を持つ者たちなのだから。

「チッ。本当に使えないやつらだな」

戦闘が終わり、魔族たちが恐慌状態に陥っている中、どこからともなく吐き捨てるような声が聞こえた。

「て、敵襲!?」

それと同時に、一人の兵士が血飛沫を上げて倒れる。

勝利を確信していた兵たちが、突然の襲撃に動揺を見せる。

大勢の兵士たちが、次々と全身を斬りつけられていく。

実行者の姿はどこにも見えない。みんな、混乱するばかりだ。

「けっ。確かに腕の立つ連中もいるみたいだが、ほとんど雑魚じゃねえか」

確かに声は聞こえる。しかし、その姿を捉えることはできない。

襲撃者を捜そうと必死に目を凝らす。その刹那、俺は凄まじい殺気を感じた。

「知ってるぜ、テメエが竜の喚び手なんだろ⁉　お前は目障りだから、ここで消してやるよ！」

咄嗟に腕を動かし、剣で防御の構えを取ろうとする。

「遅えよ！　くたばりな‼」

しかし、相手の方が速かった。

風を切る音がする。なんとか身を引いて避けようとした時だった。

「やらせませんよ」

俺をかばうように立ちはだかったのは、ライルさんだ。

手には杖を構えている。見えない敵の刃を受け止めているみたいだ。

「お怪我はありませんか、レヴィンさん」

「ええ、ありがとうございます」

「ここは私に任せてください」

ライルさんが杖を振るい、襲撃者を弾き返す。

彼は不可視の敵がまるで見えているかのように、的確に動いた。杖から魔力の光弾を放ち続け、相手を追い詰めていく。

「チッ……テメエ、こっちが見えてやがるのか‼」

「あなた方の卑劣な術が、祓魔騎士たる私に効くとでも？　それよりも、聞きたいことがあります」

そう言いながら、ライルさんは攻撃を緩めない。

「チッ……それが人にものを聞く態度かよ」

「セリティア村を知っていますか？」

「あん？　なんだそれ」

「かつてエルディアにあった村――私の故郷です。魔族の襲撃を受け、不可視の魔術で姿を消した襲撃者によって、住民は皆殺しにされました。私を除いてね」

「はっ……いちいち殺した人間のこと覚えてるかよ」

「そうですか」

淡々と言ったライルさんは、杖を地面に打ち付けた。

すると地面から光の鎖が伸び、魔族を拘束した。

同時に不可視の術が解け、魔族の顔と姿が露わになる。

「クソッ……なんだよこれは……放しやがれ！」

「っ……やはり、あの時の……！」

ライルさんの瞳が憎悪に燃える。

「何がだよ！　俺はテメエみたいなやつは知らねえぞ」

「あなたが知っていようが知らなかろうが、どうでもいいことです。私はあなたの顔をはっきり覚えている。あなたは私の家族を殺し、親友を奪い、そして……」

ライルさんは杖の先から光の刃を生成すると、ゆっくりと魔族……故郷を滅ぼしたであろう仇に近づいていった。

「ふざけんなよ！　テメエら人間を、俺たちがどうしようが勝手じゃねえか‼　そんなことでいちいち逆恨(さかうら)みされてたまるかよ！」

魔族が騒ぐと、どこからともなく短剣が飛んできた。

「ちっ！」

ライルさんは手にした杖で咄嗟に短剣を叩き落とす。

しかし、集中が切れたようで、魔族の拘束が解けてしまった。

「今日のところは撤退だ。所詮、様子見だからな。次は確実にテメエらを仕留めてやる」

捨て台詞を吐くと、魔族は再び姿を消し、どこかへ消え去るのであった。

「くそっ……こんな、姑息(こそく)な手で……」

ライルさんが悔しそうに呟いた。

初戦はこちらの勝利だ。しかしライルさんにとっては、口惜しい結果となったのだった。

◆◆◆

それからしばらくは、散発的な侵攻が起こるばかりであった。

魔族は昼夜を問わず戦闘を仕掛け、大きな損害を受ける前に撤退する、というのを繰り返していた。こちらの被害はほぼないものの、ろくに寝られない状況に兵たちは疲弊している。

「ええい、やつらめ……ワシの畑を荒らしおって!!」

その被害に一番憤（いきどお）っているのはドルカスだった。今朝も魔族の襲撃があったのだが……ソフィアさんの予知で速（すみ）やかに迎撃できたものの、彼らは隙を見てドルカスの造り上げた農地に毒を撒（ま）いたのだ。

ソフィアさんのおかげで襲撃の時間と規模は完璧に把握できている。それでも、ドルカスとイースで暮らす魔族たちが耕した広大な畑全域を優先して守るのは、今の人員では厳しい。

「ジークさんを恐れてるのか、最近の襲撃はどうも陰湿（いんしつ）だなあ。まさか、畑に毒を撒くなんて……」

「これでは、野菜が育たぬ。なんて、けしからんやつらだ！」

「ドルカスが言えたことじゃないと思うけど……」

「ぐっ……む、むう……その節は……本当に申し訳なく……ぐ、ぐおおおおお!!」

ドルカスが膝を折って、悔恨のあまり叫び始めた。

かつて、ドルカスはアリアに命じてクローニアの水源に毒を撒き、農業に大打撃を与えた。

当時は嬉々（きき）としてやらせたものの、こうして農作業に従事するようになったからこそ、改めてその頃の愚かさを悔いているのだろう。

「ともかく、戦力で勝ってても、向こうが汚い戦法ばかりとるんじゃ防ぎきれない。まずは防壁をしっかり作らないとな」

リントヴルムの背では日夜、猩々たちやルミール村の人々が資材を集めており、それをイースへイムに送ってくれている。

アントニオも、大急ぎでこっちの地形に合った防壁の設計図を届けてくれた。それは防壁の素材が集まり次第使うとして、問題は……

「みんなの睡眠時間か」

防壁が完成しても、そこに詰める兵士が疲弊していれば意味がない。

「やっぱり、あの作戦で行くか」

俺は秘策を実行に移すべく、魔族の襲撃を待つことにした。

そして、その日の夕方。

『皆様、魔族が襲撃してきます。迎撃をお願いします』

ソフィアさんの念話に従って、俺は襲撃予定の橋の一つにやってきた。

今回、ここを担当するのは俺だけ……相手からしたら、そういう風に見えるだろう。

「うん？　おい見ろよ、ここは人間が一人だけだぞ」

「待て。一人で迎え撃つってことは、あの十二の英雄の男なんじゃないのか」

「ちげえよ。英雄は鬼の角を持ってる大男だ。だが、アイツは違う。ひょろいし、あまり強くなさそうだぜ」

案の定、ジークさんの姿が見えないとあって、魔族たちは油断している。

その方がこちらはやりやすいというものだ。

「フン。ガキ一人なら俺たちが出るまでもねえ。いけ、魔獣ども!!　あの英雄に気取(けど)られる前に、ガキを潰すぞ!!」

俺一人しかいないと油断して、魔族は魔獣をけしかけてきた。

その瞬間、ジークさんが空から飛来してきた。俺の隣に舞い下りる。

「魔族は……数にして百ほどか。魔獣を含めればその倍の敵がいるようだが、これらを薙ぎ払えばいいんだな？」

「いえ、魔族だけを斬ってください」

「ふむ？」

「魔獣たちは俺がどうにかしますので。難しいですか？」

「馬鹿を言うな。我を誰だと思っている」

不敵な笑みを浮かべながら、ジークさんが刀の柄に手をかけた。

「我が剣にできぬことなどないと、教えてやろう」

次の瞬間、ジークさんは敵の集団の背後にいた。

「え？」

魔獣たちに任せて、高みの見物を決めこんでいた魔族が困惑する。

彼らが振り向こうとした瞬間、チャキッという音がした。ジークさんが刀を鞘に納めた。

音に遅れること数秒。無数の斬撃が、かまいたちのように敵の一団に奔った。

「ぐぎゃあああああああ!!」

魔族たちは皆、血飛沫を上げてその場に倒れた。

ジークさんは空高く飛び上がって、俺の隣に戻ってくると、得意げな笑みを浮かべた。

「フッ！　言われたとおり、魔族のみを斬ったぞ。これで満足か？」

「あの……太刀筋（たちすじ）がまったく見えなかったんですけど」

確かに、魔族だけを斬ってほしいとは頼んだ。しかし、これほどの神業（かみわざ）を見せられるとは思わなかった。

「其方も鍛錬を積めばこれぐらいできるようになる。よかったら稽古を付けてやろう」

「で、できるかな……」

ともかく、魔族は完全に撃破した。

あとに残されたのは、彼らに操られている魔獣たちだけだ。

彼らは、自らを支配する魔族がやられたことで混乱している。

「ぴゅ……ぴゅいいいいいいい……!!」

目の前で苦しそうに地面に倒れ込むのは、冷気に包まれた鳥の魔獣だ。

この魔獣はフロストフェザー。小鳥ほどのサイズだが、凄まじいスピードで空を飛び、小さな体に絶大な魔力を秘めている。

他にも、しなやかな身体と鋭い氷の爪を持つ猫系の魔獣、クリスタルリンクス、ずんぐりむっくりとした丸い体に雪のように白い体毛を持つスノージャイアント、そして、氷の結晶が寄せ集まって生まれるアイスゴーレムなどなど……寒冷地特有の魔獣たちが、頭を抱えるような仕草を見せていた。

魔族による支配は彼らの身体にかなりの負担を強いる。強烈（きょうれつ）な痛みが全身を襲っているのだろう。

「よし、今解放してやるからな」

俺は右手を前に伸ばし、テイマーとしての力を発揮した。

魔族は自分の魔力を魔獣に流し込むことで、彼らを操る。

その支配から解放するためには、俺の魔力で上書きすればいい。

「ぴゅい……？」

「うぉん!?」

絆の光に似た青い魔力光に包まれ、魔獣たちが不思議そうにする。

どうやら成功のようだ。魔族の支配がなくなったことで、彼らが感じていた痛みは消えたはず。

俺は声を掛けてみる。

「君たちを操っていた魔族はみんな倒した。洗脳も解除したんだけど、身体は大丈夫かな？」

「にゃお！」

「Ｇｕｕｕｕｕｕｕｕｕｕ！！！」

この様子なら、魔族の支配下から完全に抜け出せたようだ。

「ここ――イースヘイムは今、魔族に狙われているんだ。もしよかったら、君たちも一緒に戦ってくれないかな？」

基本的に魔獣たちにとっても魔族は天敵だ。

実際に操られた苦痛を知る彼らなら、きっと応じてくれるだろう。

「ぴゅいぴゅい！」

魔獣たちが、青白い光を放ちながら俺の方へ近づいてきた。

俺は彼らを【契約】して連れ帰る。これで、戦力は大幅に増強できるはずだ。

◆ ◆ ◆

それからの数日間、魔族の襲撃はとんとやみ、ニブルパレスでは次なる侵攻に備えるために、様々な準備に取りかかっていた。

防壁を作るうえで不足していた資材を大量にゲットできたのは、ここ最近で一番の朗報だ。

ニブルパレスの周囲には資源が豊富な土地が広がっている。先日仲間にした魔獣たちはかなりの働き者で、そういった土地に赴いては積極的に資源を集めてくれていた。

「にゃっ！　にゃっ！　たくさん木を切るにゃ！」

ニブルパレスから少し離れた森林地帯で、鮮やかな爪捌きで木を切り倒しているのはクリスタルリンクスだ。

「にゃっ！　にゃっ！」

彼らは互いの爪をぶつけ合わせてノコギリのようにギザギザにすると、ギコギコと木を切り倒していく。

「Ｇａａａａ！　Ｇａａａａａ!!　テツ!!　テツヲアツメルゾ!!」

別の場所にある鉱山では、無機質な音声を発しつつアイスゴーレムたちが石材や鉱石を掘り進めている。拳でどんどん岩を砕くので、採掘スピードは猩々たちがつるはしを振るう速度よりもさらに速い。

それが何十体と働いているので、振動と騒音は凄まじいが……おかげで、防壁作りに必要な素材は急速に集まった。

「うぉっふ！　うぉっふ！」

それらの資材を町に運ぶのは、スノージャイアントたちにお願いしている。

彼らは他の魔獣が採取した木材や鉱石を大量に持ち上げ、一気に町へ走っていく。

スノージャイアントの力は凄まじく、体力も無尽蔵。おまけに足も速い。三種の魔獣たちの連携で、ニブルパレス周辺には資源の山ができていた。

「おい！　あいつら、木材を切り出しているぞ」

時折、魔族たちがやってきて資材集めを邪魔しようとするが……

「ぴゅいいいい!!　侵入者発見！　侵入者発見！　迎撃！　迎撃！」

魔族が妨害しようとした数秒後には、上空を見張る無数のフロストフェザーが一斉に飛来するのだからたまらない。

彼らの協力のおかげで、俺たちはあっという間に魔族を撃退していったのだった。

第五章

こうした魔獣たちの活躍のおかげで、数日後にはニブルパレスの周囲に堅牢な防壁ができた。

俺とソフィアさんは、出来上がった防壁を見上げる。

「立派なものですね。これほどの城壁があれば、これまで以上に魔族の襲来に、効率よく対応できるでしょう」

盲目であるソフィアさんの目に防壁は映らないはずだが、きっと未来を見通す力で捉えているのだろう。

「失礼。少しよろしいでしょうか」

そう言って、ライルさんが現れた。

「その声はライルさんですね？」

「はい。今日は一つ、あなたに聞きたいことがあって来ました」

「それは、ちょうどよかったです。こちらもお話ししたいことがございましたので」

ソフィアさんの話したいこと……一体なんだろう。

二人が少々気まずい空気になっていたのは、記憶に新しい。なんだかこちらまで緊張してしまう。

「まずは、ライルさんのご用件を、伺いましょうか」

「単刀直入に聞きます。この魔族の襲撃はいつまで続くのでしょうか。どうすれば、終わらせることができるのですか？」

ソフィアさんには予知能力がある。彼女ならば、襲撃の終わりも察知できそうだ。

俺もこの侵攻がいつ終わるのかはぜひ知りたい。

最近こそ魔族の襲撃はやんでいるが……これまでの侵入頻度や敵の数から考えて、相当な戦力が残っているはずだ。

果てのない戦いだと思って奮闘するより、終わりが分かっていた方が兵たちもいくらか心持ちが変わるだろう。

「それは……とても難しい話ですね……果たしてそれがいつになるのか。今日か明日かそれとも——」

「具体的に答えてください。あなたはこれまで魔族の襲来を正確に見抜いてきました。あなたの予知能力なら、やつらがいつ戦力を総動員して、決戦を挑んでくるのか分かるはずでしょう？」

「……すみません。実は、未来を見通すのにも限界はあるのです」

限界とはどういうことだ？

俺たちから見て、ソフィアさんの予知は極めて強力だ。これまでも、なんでも見通してきた気がするが……

彼女の答えを聞いて、ライルさんはピンと来たようだ。

「もしかして、予測できる未来には制限があるのですか？　たとえば、日数などが決まっているとか……」

「ええ。私が分かるのは、最大で約一ヶ月ほど先の景色だけです」

「待ってください。ではこれから少なくとも一ヶ月は、魔族との戦いは終わらないということですか？」

「いえ、一応の終わりは分かっています。一週間後、魔族たちが最後の攻勢に出ます。しかし、レヴィンさんたちのご活躍により完敗し、魔族たちは敗走するのです」

「本当ですか？」

思わず口を挟んでしまう。もしそうなら朗報だ。

これまで厳しい戦いが続いてきた。しかし、一週間後の大攻勢、それを乗り越えればこの戦いも終わる。

そう思ったものの、同時に疑問を覚える。ならば、ソフィアさんはなんで最初に発言を濁したんだ？

俺の疑問を読んだかのように、彼女は言葉を紡ぐ。

「本当です、レヴィンさん。ですが、それで全てが解決するのか……私には分かりません。なぜなら、そこから先の未来が見えないからです」

「見えないって……そんなことがあるんですか？」

ライルさんが驚くのも無理はない。

これまでソフィアさんは、そんなこと一度も言ってこなかった。いつも的確な予知をくれたのだから。

「実は私の予知は、ある条件下では、効力を失ってしまうのです」

「そのある条件というのは？」

ライルさんが尋ねると、ソフィアさんはゆっくりと口を開く。

「……覇王の力が関わる未来です」

「なんですって？」

ライルさんの隣で、俺も唖然とした。

「……レヴィンさん、セキレイにおいては、何百年も前から覇王の呪いが彼の国を苦しめていたそうですね」

「ええ。俺たちが覇王の残滓を倒したので、もう呪いは解けてますけど……」

「私には、その残滓が倒される以前のセキレイに関して一切の予知ができませんでした」

「待ってください。ということは、その大攻勢の後に……」

ソフィアさんの予知した勝利の未来。

彼女の言葉が真実なら、魔族の襲撃が終わったところで、新たな脅威が始まるだけということになる。

「はい。セキレイを襲った覇王の残滓のような強大な力が、イースヘイムを襲うと考えられます。今日はちょうど、そのことについてお話ししようと思っていたのです」

「ソフィアさん、俺からも確認です。魔族たちはこの国にある覇王の残滓を狙っているのですか？」

そう尋ねると、ソフィアさんは頷いた。

「レヴィンさんのご推察の通りです。彼らは各地に散らばったそれを手に入れるため、これまで暗躍してきたのですから」

確か……ライルさんの上司、アレクシスさんから聞いた話では、セキレイの残滓の欠片は魔族に回収されてしまったらしい。

目的は分からないが、ここ、イースでもそれを狙うのは自然な流れか。

「正直に言いますと、私はそのことについて疑念を抱いています」

疑うような眼差しで、ライルさんがソフィアさんを見つめる。

当のソフィアさんは困惑するばかりだ。

「えっと、それは一体なんでしょう……？」

「確かに彼らは残滓を狙っている。それは間違いないと思います。ですが、それにしては戦力が過剰なように思うのです」

戦力が多い。言われてみればそうかもしれない。

セキレイにも覇王の残滓は存在したが、あの地に魔族はいなかった。

それどころか彼らが現れたのは残滓が倒された後だ。火事場泥棒のように密かにそれを奪い去った。

これほど大規模な襲撃を仕掛けるというのは、少し不自然というか……他にも狙いがあるのではと考えてしまう。

「そもそも、あなたの予知では、『魔族の襲撃後に覇王の力による脅威が現れる』と言っている。そうなると魔族は、セキレイで手にした……あるいは別のところの覇王の残滓を利用して、ここにさらなる攻撃を仕掛けるという事態が予測されます。これまで歴史の陰に隠れていた彼らが、表舞台に現れる。そうしなければならないほど重大な秘密が、ここにはまだ隠されているのでは？」

「……ライルさんには隠し事ができませんね」

「では、やはり」

「はい。この国には覇王の残滓に匹敵する……いいえ、それ以上に重大な秘密が隠されています」

「それは一体……？」

「ライルさんとレヴィンさんにはお見せしましょう」

ソフィアさんに案内され、俺たちはニブルパレスの謁見の間に向かった。

部屋の奥には相変わらず神樹の幹があった。ソフィアさんはその前に置かれていた機械のようなものを操作する。

すると、見覚えのある門が出現した。

「これは、リントヴルムの背中でも使ってる転移門……？」

「ええ。同じ技術が使われています。これで、我が国最大の秘密のもとへ案内いたします……ですが、ここで見たことは他言無用にお願いいたします」

「分かりました」

イース最大の秘密とはなんだろう？

覇王の残滓以上の隠し事となると……

俺はあれこれ想像しつつ、転移門をくぐった。

「これが、我が国の秘密です」

転移した先は、謎の空間だった。周囲が木の幹のようなもので覆われている。

質感としては神樹によく似ているが……

「もしかして、ここって……」

「はい、神樹の内側です。あちらをご覧ください」

ソフィアさんが指したのは、宙に浮かぶ橙（だいだい）色の石——琥珀（こはく）だった。

俺はそれを見て、声を漏らす。

「神竜……族？」

琥珀の中には、少年の姿をした神竜族が眠っていた。

「っ……」

直後、俺の胸がドクンと高鳴る。

なんだこの感覚は？　俺は目の前の少年に対して、恐怖のような、焦りのような感情を抱いた。

思わず胸を抑え、俯く。

「大丈夫ですか、レヴィンさん？」

ソフィアさんがこちらを心配して、顔を覗き込んでくる。胸の痛みはすでに消えていた。

一方のライルさんは、じっと少年を見上げていた。

「レヴィンさんほどではありませんが……私もこの少年を見ていると、胸がざわつきます。彼は一体、何者なんですか……？」

「覇王の転生体です」

「転生体……？　それはなんの冗談でしょうか」

ライルさんが聞き返すと、ソフィアさんは首を横に振った。

「冗談でもなんでもありません。かつて、覇王が十二の英雄たちと戦った時、彼の者の死体は吹き飛ばされ、イースの神樹に叩きつけられたのです。彼の力は覇王の残滓となって各地に分散し、魂のみが神樹に囚われました。そして……魂は新たな生を受け、彼が誕生しました」

そんなことが……

道理で、胸が苦しくなるわけだ。これは覇王の残滓以上に危険な存在だと、俺に宿るエルフィさんが伝えようとしているのだろう。

「一つお尋ねします。なぜそのようなものを守っているのです？」

そう言いつつ、ライルさんは得物の杖を覇王の転生体に向けた。

すると、ソフィアさんが琥珀をかばうように身を挺する。

「お待ちください。彼を攻撃するのはどうかやめて……!!」

「かつて魔族を率いて、人類を滅ぼそうとした存在でしょう？　……転生したとはいえ、生かしておく理由はないはずですが」

「待ってください。彼は己の罪を知り、自らの意志で眠りについたのです」

「なんですって？」

ソフィアさんがゆっくりと過去を語る。

「覇王の死後、すぐに彼は転生して、新たな肉体を得ました。そして目覚めた直後、彼はその魂を監視していた私にこう言いました。『自分は過去の記憶の全てを引き継いでいる』と。そのうえで、この神樹に封印される道を選んだのです」

覇王が打倒されたのは、千年も昔のことだ。ソフィアさんの口ぶりだと、彼女は見た目通りの年齢ではないように聞こえる。

そうなると、ますますソフィアさんの正体が気になるが……それ以上に気になるのが、この覇王の転生体を狙う魔族の思惑だ。恐らくやつらの狙いは……

ライルさんが険しい表情のまま、ソフィアさんに尋ねる。

「魔族がここを狙う理由。それはこの転生体ですね？」

「ええ。彼らは覇王の魂を支配下に置き、かつての邪悪な存在として蘇らせようとしているのでしょう」

「それじゃ、セキレイの残滓を回収したのも、すべては覇王を復活させるため……」

俺は呆然として呟いた。

それが本当なら、大変なことだ。

魔族はかつて覇王に忠誠を誓い、徹底的に人類を虐げてきた種族だ。

人類側もそれに対抗し、覇王の死後は徹底的に魔族狩りを行った。

魔族が覇王を蘇らせて、何をしようとしているのか……想像に難くない。

彼らは人類を恨んでいるんだろう。覇王が復活すれば、かつての地獄が再現されてしまう。

ライルさんも同様の危機感を抱いたようで、静かに魔力を練り始めた。覇王の転生体を、始末するためだ。

「覇王の魂。それが魔族の狙いであれば、そもそもの原因を消してしまうべきです」

「お、落ち着いてください」

ソフィアさんがライルさんに飛びついた。

「邪魔をしないでください。こんなものがあるから、やつらは……！」

「今の彼が死んだところで、いずれまた転生します。その時、彼が今のように封印されることを選ぶかは分からないのです」

「それは……！」

ライルさんが言葉に詰まる。

こうして目の前にいる覇王の転生体を倒したところで、再び蘇る確率は高い。

その時の生まれ変わりが賢明な判断をしてくれる保証など、どこにもなかった。

「っ……どうやら、私は冷静さを欠いていたようです……失礼いたしました」

「いえ……」

ライルさんは……魔族に関わることに関しては、落ち着いていられなくなるようだ。彼自身の、過去が影響しているのだろう。どうにも心配になってしまう。

やがてライルさんは杖をしまい、踵を返した。

「転生体をどうにかできないのであれば、向かってくる魔族を滅ぼす。道はそれしかないということでしょう。次の襲撃に備えて、私は休もうと思います」

「ま、待ってください」

去ろうとするライルさんの服の裾を、ソフィアさんが掴んだ。

「なんでしょうか？」

「あの、まだ私には言いたいことがありまして……」

「そう……なんですか？　一体、どのようなお話でしょうか？」

「えっと……前にライルさんの過去を覗き見してしまって、申し訳ございませんでした!!」

ソフィアさんが深々と頭を下げた。

「えっと……話というのはそのことだったのですか？」

ライルさんはもっと深刻な話をされると思っていたのか、なんだか拍子抜けといった風に笑った。

「別に気にしていませんよ。周りに気を遣わせてしまうのが嫌で、わざわざ話していないだけで、隠している話でもありませんからね。むしろ……私こそ不機嫌な態度を取ってしまい、申し訳ございません」

ライルさんもソフィアさんに向かって腰を折った。どうにもぎくしゃくしていた二人だが、うまく収まったようだ。

「それと、もう一つ……その、ライルさんには一週間後に起こる魔族との戦いに参加しないでほしいのです」

「最大規模の侵略なのにですか？　どういうことです……？」

ソフィアさんの不思議な提案に、ライルさんが首を傾げるが、俺はすぐに彼女の意図を察した。

「……予知で何か見えたんですね？」

「はい、レヴィンさん。ですが、内容については話せません。もし話せば……未来が悪い方へ変わってしまうかもしれませんので」

少し考えるそぶりを見せた後、ライルさんはその言葉を受け入れた。

「なるほど……どうにも気になりますが、あなたの予知でしたら、従うのが賢明でしょうね。分かりました。気を付けておきます」

そんな会話をして、俺たちは神樹の内部を去るのであった。

◆　◆　◆

一週間後、最後の戦いが始まった。

魔族の数はこれまでの比ではなく、目算でも数百、ひょっとしたら千を超えるかもしれない。

だが、相当な数で押し寄せてこようが、こちらには新たに完成した堅牢な城壁がある。

空の守りについてもフロストフェザーに任せておけば問題ない。

実際に、魔族たちは鉄壁の守りを前に攻めあぐねていた。

強大な防壁を活かす形で、ジークさんが指揮を執る。

「魔法と弓を放ち、じわじわと数を削ろう」

労せず、最大の戦果を得る。ジークさんの指示によって、戦いは有利に進んだ。

一方、敵も防壁に阻まれること自体は予想していたらしい。後方から増援がやってきて、大規模な空戦を挑んでくる。

どこから調達したのか、希少なワイバーンに乗っている魔族までいた。城壁を越え、攻撃魔法を城下町に叩き込もうとする。

しかし、町の方はアリアが強固な障壁を張っていた。被害はまったくない。

『愚かな侵入者たちよ。民はやらせません!!』

襲撃開始からほどなくして、ソフィアさんの声があたりに響き、凄まじい雷撃が魔族の空戦部隊に降り注いだ。

「う、うわあああああああああああ!?」

ワイバーンに乗った騎兵たちが次々と落とされていく。

俺はその隙に、魔族に支配されたワイバーンたちの洗脳を解いて回った。

これで、彼らの空の足はなくなる。

一連の雷撃を見て、ジークさんが感心する。

「ふむ。ソフィア殿の魔力は凄まじいな。だが、敵も懲りない様子だ」

ジークさんの視線の先にいるのは、さらなる騎兵の集団だ。

「スピカ、エルフィちゃん、ここは私たちの出番よ」

「は、はいです！」

「任せて」

敵を迎え撃つため、アイシャさんとスピカとエルフィ、イースの神竜族たちが出る。

「それから、ヴァンさんたちとワイバーンの皆さんもよろしくね」

アイシャさんの合図で、神竜たちが一斉に竜の姿に変身した。合わせて、グリフォンのヴァンが率いる竜大陸のワイバーンの群れも出動する。

敵の騎兵は高速で飛び回るものの、エルフィとスピカ、ヴァンが指示を出すワイバーンたちの相手にはならなかった。エルフィは次々とブレスを放ち、騎兵を撃ち落としていく。

イースハイムの神竜族もそれに倣い、空中戦を制していく。

「騎兵を落とした程度で調子に乗るなよ……！」

だが、敵の攻撃は止まらない。

次に襲来したのは、魔法で浮遊する魔族たちだ。

浮遊する魔法は極めて強力で、扱える人類はほとんどいない。

つまり、あの魔族たちは人智を超えた魔法の使い手ということになる。

彼らは一斉に城壁を越え、神竜族たちを叩き落としにかかった。

相手は、これまでの魔族の比ではないほどの魔力の持ち主だ。戦い慣れしていないイースの神竜族では歯が立たない。

「ふん。随分と腑抜けた神竜族どもだな。所詮、我らの敵ではない。覇王様の仇だ。みんな、撃ち落としてやる!!」

「させないわよ！」

そう叫んで、ついにアイシャさんが変身した。

一体、どんな姿になるのかと思ったが……その姿は想像以上であった。

かつて見たドレイクが転じた邪竜に匹敵するほどに巨大だ。その肉体は極めて屈強で、翼も雄々しい。

竜の王と形容したくなるほどに偉大な姿であった。

「な、なあああああ!?」

他の神竜族を倒して悦に入っていた魔族たちは、その姿に圧倒される。

アイシャさんが腕を組む。次の瞬間、無数の光線が魔族たちに降り注いだ。

「ぎゃああああああああ!!」

それは魔族たちを一瞬で丸焦げにしてしまう。

結局、撃ち落とされたのは魔族ばかりだ。

「て、撤退しろ!!　あんなのが相手では勝てん!!」

「くそっ、一体ここはどうなってるんだ!?」

これまでの襲撃では、英雄であるジークさんに、散々痛い目に遭わされた形だが……空戦でも強力な神竜が現れたことで、魔族たちは完全に戦意を失ったようだ。

彼らが次々と逃げ去っていく。

「ふう……なんとかなったわね」

変身を解いてアイシャさんが一息つく。

それにしても凄まじい力だった。彼女はおっとりとした雰囲気があり、イースの旅ではよく家事を手伝ってくれたのだが……やはり神竜族なんだなと思い知らされる。

「とりあえず、城壁のおかげで比較的安全に撃退できたな。あとは負傷者の救護を――」

「きゃあああああああああ!?」

その時、町の中央の方から悲鳴が聞こえた。

「今のは!?」

俺は慌てて声がした方角へ向かう。

「フンッ。人間というのは学習しないな。俺の能力は一度見せただろう？」

そこにいたのは、以前、不可視の魔法で兵たちを次々と斬りつけた魔族の男だった。

その腕の中には少女が捕らえられている。魔族にナイフを突きつけられ、恐怖のあまり涙を流していた。

「お前たちが空に気を取られていたおかげで、まんまと中に入り込むことができたぞ」

「チッ……人質とは舐めた真似を……」

駆けつけたジークさんが舌打ちした。

さすがの彼でも、人質を無事に保護できる確証がないのだろう。

捨て鉢になった魔族によって少女が怪我をさせられてはたまらない。

「さて、俺が探しものをしている間、お前たちは決して邪魔をするんじゃないぞ？　人間ってのは、同胞を大切にするものらしいからな。なら、このガキも大切にしなくっちゃなァ!!」

「ひっ⁉」

こちらは本気だぞとアピールするかのように、魔族が少女の首元にナイフを押し当てる。刃先が肌を斬り、わずかに血が滴った。

あまりに卑劣な振る舞いに、怒りが湧いてくる。

しかし、今できることは機を窺うことだけだ。

「さて、宝探しと行こう……と言っても見当はついている。どうせあの宮殿の中だろう？」

恐らくは覇王の転生体、そして覇王の残滓を探しているようだ。

俺たちは、それを見送ることしかできないのか……？

「お待ちなさい」

その時、魔族の行く先を阻むようにライルさんが立ちはだかった。

ソフィアさんの要望で、彼は今回の戦闘に参加せず、負傷者の救護に回っていた。だが、この状況を見過ごせずに出てきたのだろう。

「貴様、前に俺の邪魔をしたやつか。おい、そこをどきな。このガキがどうなっても――」

「黙りなさい」

ライルさんが怒りで声を震わせると、地面から光の鎖が現れた。

鎖が魔族の腕、足、肩、そして首を掴み、拘束する。

「ぐおお……くそ！　放せ！　放しやがれ！」

「好機……！」

ジークさんが素早く駆け出し、魔族の左腕を一瞬で斬り飛ばした。

「ぎやあああああああ!!」

絶叫する魔族がその場に倒れこみ、少女が逃げ出す。

ジークさんは解放された少女を抱え、安全なところまで跳躍して退いた。

「ライル殿、其方のおかげで無事に救出できた。礼を言うぞ」

「いえ……」

そっけなく返すと、ライルさんは蔑むように魔族を見下ろした。

「く、来るな……」

重傷を負った魔族を追いつめるように、ライルさんがゆっくりと距離を詰める。

「一つ聞かせてください。なぜ、セリティアだったのですか？」

「な、なんだと？」

セリティア……以前ライルさんが口にした、故郷の村か。

「なぜ、セリティアを襲ったのかと聞いているのです。あそこは果樹園以外には何もない田舎の村で、魔族に狙われるような理由なんて一つもなかった」

「そ、そんなの知るかよ……俺はセリティアなんて、覚えてもいねえんだ！」

「覚えるに値しなかったということですか？」

魔族の言葉を聞いて、ライルさんの顔が強ばった。

「なら、あなたはもう用済みです」

無慈悲な宣告と共に、ライルさんが杖を振り上げる。

その先には、魔力でできた光の刃があった。

魔族にトドメを刺すつもりらしい。

「い、嫌だ！　死にたくねえ！　死にたくねえよ!!」

当の魔族は命の危機を前に、力を振り絞って鎖を斬り離し、逃げ出した。

「貴様はアアアアアアアア!!」

その姿に怒りが頂点に達したようだ。凄まじい形相で、ライルさんがその後を追った。

足取りこそゆっくりだが、一歩一歩に怒りが込められている。

「貴様というやつは、どこまで汚いんだ!!」

ライルさんは光弾を飛ばして、逃げる魔族をつまずかせた。

それでも這いずって逃げようとする魔族に、ライルさんは死なない程度の威力の光弾をぶつける。

追いついた彼は、杖から光の鞭を生成した。

「フレリアも命乞いをしたはずだ。だが、お前はそれを聞いたのか!?　逃げようとする彼女を見逃したのか!?」

鞭を振るって、ライルさんは何度も何度も、執拗に魔族を叩いた。

彼にはそうするだけの理由がある。あるのだが……いつもの穏やかな彼とはかけ離れた様子に、俺は不安を抱かずにはいられない。

「散々、他人の命を弄んでおきながら……自分の命が危うい時だけは命乞いか⁉　この恥知らずが‼」

トドメと言わんばかりに、ライルさんは渾身の力で鞭を振り上げた。

魔族は繰り返された殴打で、瀕死状態だ。あれを喰らえば、間違いなく絶命する。

しかしその時、ある女性が魔族をかばうように割り込んできた。

「なっ⁉」

乱入者に気付き、ライルさんが慌てて鞭を引いた。

「きゃあああああ⁉」

それでも完全に攻撃を止められはしなかったようで、鞭はその人の身体に当たり、激しく痛めつけてしまう。

「ど、どうしてあなたが……？」

魔族をかばったのはソフィアさんであった。ライルさんがさらに問う。

「あなたは……その魔族をかばうというのですか？」

「いいえ……私がかばいたかったのはあなたの方です」

鞭で叩かれた左肩を押さえながら、ソフィアさんがライルさんの前に立った。

右手を伸ばして、ライルさんの頬を伝う涙を拭う。

そして杖を握るライルさんの手にそっと触れた。

「気付きませんか？　あなたの手、こんなに震えているんですよ……」

「え……？」

俺がいる場所からでははっきりと分からないが……どうやらソフィアさんは、ライルさんの手を握っているようだ。

「これ以上は、あなたの心がもちません。過去を乗り越えるために復讐を選ぶ者もいるでしょう。ですが、その方法はあなたには向いていないのです」

「な……ぼ、僕は……！　はぁ、はぁ……」

ライルさんの呼吸が不規則になる。

傍（はた）から見ていても、正常な様子ではない。

「ライルさん、今は休みましょう。そこの魔族をどうするかは、あとで決めればいいでしょう」

「え、ええ……分かり……ました」

ソフィアさんの言葉を聞き入れて、ライルさんが鞭を下ろす。

するとソフィアさんは彼を引っ張って歩き出した。

すれ違い際、俺たちに向かって会釈をする。どうやら、拠点があるポムのところへ向かうみたいだ。

「なんだか妙なことになったね。ライルさん、大丈夫かな……」

いつの間にか、俺の隣にアリアが来ていた。そのそばには拘束した魔族が転がされている。

俺は言葉を濁す。

「ライルさんにもいろいろあるんだよ。それこそ、復讐したってどうしようもない想いを抱えているんだ」

「うん……」

ライルさんの過去を知らないアリアだが、先ほどの様子を見て薄々事情を察しているらしい。

「……って、レヴィン、見て。あれは何？」

「なんだ？」

アリアが指差す先で、無数の光が明滅（めいめつ）していた。

あっちは確か、神竜たちに追い払われた魔族が逃げた方角だが……

何が起こっているのか確かめるべく、俺たちは光の方へ向かった。

「ふむ。こんなものだろうか」

光の場所にいたのは、ライルさんの上司、枢機卿のアレクシスさんだった。

その足元には、撤退したはずの無数の魔族が倒れていた。

やがてアレクシスさんがこちらに気付き、満面の笑みを浮かべる。

「おお！　レヴィンくんにアリアさん！　うむ、よくやってくれた！」

「えっと、アレクシスさんはなぜ、ここに？」

「何。君たちが転移門を設置しただろう？　偶然、魔族の激しい攻勢が始まったと聞いたのでな。

エルディアも加勢しようと思ってきたのだ。とはいえ、すぐに動けたのは私だけだが……ここにいる魔族たちで最後か？」

「ええ。今回の襲撃はかなりの規模だったんですが……」

此度の侵攻は最大級のものであった。しかし、ソフィアさんの予知によれば、この襲撃が最後になるそうだ。

だが、同時に覇王に関わる新たな脅威が訪れるのではないかという不安が残る。

「そうだな。話によると、今回の魔族たちはかなり本気だったようだな。はたして、イースの何が彼らを惹きつけるのか……」

「どうなんでしょう。俺も、覇王の残滓があるという話しか聞いていないので」

ソフィアさんから覇王の転生体については他言無用だと頼まれている。あえてここはとぼけておいた。

「順当に考えれば覇王の残滓が狙いだろうな。それを集めて何をするつもりなのか、考えるだけでも気が滅入る話だ」

実際、魔族たちが本気で覇王の復活なんてものを企んでいるのであれば、とんでもない話だ。

「ともかく、引き続き侵攻には警戒するとしよう。いざとなれば、私がエルディアから増援を連れてくるさ！」

俺たちはアレクシスさんを連れて、ニブルパレスへ戻った。

イースの人たちに彼を紹介した後は、ポムの背中に帰り、その日の疲れを癒やしたのだった。

◆　◆　◆

それから半月後。

魔族の襲撃は完全に収まり、イースヘイムには平和が訪れている。

あれから、新たな脅威とやらが現れる様子はまったくない。

ソフィアさんは予知ができなくなっているようだが……どうしたものか。

俺は仲間たちと一緒にニブルパレスに赴き、彼女と顔を合わせた。

「レヴィンさん、皆様。この度は本当にありがとうございました。魔族の侵攻はもはやなく、ここも平和となりました」

無論、懸念材料は残っている。

それでもソフィアさんは、俺たちに礼が言いたかったらしい。

「一応、例の不可視の魔法を操る魔族を尋問したところ、あの戦いで戦力のほとんどを失ったそうです。これ以上、侵攻を行うのは不可能なようですね」

「フハハハハ!! まさか、あれ程の攻勢だったにもかかわらず、魔族を殲滅してみせるとは。レヴィン殿とその仲間たちはとことん規格外だな」

アレクシスさんが大笑いした。

「改めて、皆様のおかげです。本当にありがとうございました」

ソフィアさんが深々と頭を下げた。

「ソフィアさん。礼を言うのは、私の方です。あなたのおかげで、私は誤った選択をせずに済みました」

穏やかな口調でそう語るのは、ライルさんだ。

先の戦いでは故郷を滅ぼした仇を前に我を忘れていた彼を、ソフィアさんが止めてくれた。

その後、二人がどんな話をしたのかは分からないが……ライルさんが晴れやかな笑みを浮かべている。復讐を選ばなかったことに、後悔はなさそうだ。

ソフィアさんが微笑する。

「ふむ。そう思うのでしたら、あなたの考えを皆様に話してあげてはいかがでしょうか？　あれから今日まで、彼らには事情を説明していなかったのでしょう？」

「それはそうですが……改めてとなると、どうも気恥ずかしいですね」

「話しづらいことでしょうから、俺たちは別に……」

こういうのはデリケートな話だ。

部外者の俺たちが無理に聞く必要もないだろう。

「いえ、お話ししましょう。他人に今の気持ちを聞いてもらえれば、私も心の整理ができそうです」

ライルさんがゆっくりと口を開いた。

「正直に言って、私は魔族と戦うことに疲れ切っていました。怒りのままにやつらを滅ぼす。その度に、強いストレスを感じていました……当然です。私は田舎の村出身で、戦いとは無縁の、のほほんとした日々を過ごしてきましたから」

ライルさんの過去を聞き、俺は彼の在り方を痛ましいと思った。

俺の故郷であるルミール村も田舎で、それゆえにのんびりしたところだ。《聖獣使い（ホーリーテイマー）》の天職を授かるまでは、戦いの場に出るだなんて考えもしなかった。

かつてのライルさんも、きっとそうだったのだろう。

「私は、子どもの頃から治癒術士になりたかったのです。幼馴染のフレリアは、生まれつき身体が弱くて……だから、私が治してやろうと思っていました。『ライルは優しいからきっと向いている』と、彼女も応援してくれました。ですが、そんな日々は終わり――」

ライルさんの村はなんの理由もなく魔族に襲われた。

家族も、親友も、フレリアという幼馴染も、あの魔族によって皆殺しにされたという。

孤児になり、盗みを働いて食いつないでいたところをアレクシスさんに拾われ、表向きは治癒術士として学びながら、その裏で祓魔騎士として戦う術を叩き込まれたのだとか。

「初めこそ、私は復讐心に燃えていました。ですが……祓魔騎士としての任務に忙殺（ぼうさつ）されるうちに、心のどこかで違和感を抱きました。怒りに身を任せて魔族を滅する度に、私自身が残忍（ざんにん）な人間になっているのではないか。フレリアが褒めてくれた、優しい私でなくなっているのではないか……と」

そうか。復讐心と生来の優しさ……その二つの間で、ライルさんは葛藤していたのか。

ソフィアさんの言う通り、激情に駆られて仇を討ったところで、彼の心は晴れることはなかったかもしれない。

「今でも憎しみと怒りは胸に渦巻いています。ですが、それに囚われる日々はやめにします。私は過去のためではなく、フレリアのような病弱な人が救われる未来を作るために、これからは働いていきたいと思うのです」

ライルさんが語り終えると、ずっと黙っていたジークさんが微笑んだ。

「ふむ。ライル殿は復讐心を乗り越えたということか。我は、其方の選択に敬意を表そう」

「古の英雄にそう言われるのは、どうも面映いですね。ですが、ありがとうございます。少しは自分の選択に自信がつきます」

「待て……ライルよ。お前は、あの魔族を仕留めなかったのか？　故郷の仇だぞ？」

ふと、アレクシスさんが不思議そうに言った。

「はい。私はもう、道を定めましたから」

「なんと……それは、実につまらない選択だな」

アレクシスさんの性格からすると、てっきり豪快に笑ってライルさんの決断を称えるものだと思ったのだが……予想に反して、彼は盛大なため息をついてみせた。

どうやら、ライルさんの選択が不服なようだ。

「君は、愛するものを全て奪われたのだぞ。ご両親もフレリア嬢も、理不尽に命を奪われる怒りと、君と永遠に離れ離れになる無念を抱いて死んでいったのだ。それを、このような面白みのない結論で無下にするなど……私の見込み違いだったか」

なんとも勝手な言い方だ。

アレクシスさんはライルさんと長い付き合いだし、俺たちには分からない事情があるのかもしれないが……今の物言いはあまりにも冷たい。

俺は思わず口を挟む。

「お言葉ですが、アレクシスさん。人には向き不向きというものがあります。復讐することで過去を乗り越える者も、そうでない者もいます」

「その点は理解しておるよ。これでも人生経験は豊富なのでな。これはただ、目をかけた子が凡庸な選択をしたことに対する愚痴だ」

……突き放したような言い方だ。

アレクシスさんはライルさんにとって父のような存在だったらしいが、さすがに厳しすぎないか？

「それよりも話を続けようではないか。此度のレヴィンくんとライルの働きに対して、貴殿は報いる必要があろう？」

「え、ええ、そうですね」

急に話を振られ、ソフィアさんが困惑しながら頷く。

アレクシスさんははっきりとものを言うタイプだ。それにしても、もう少し言い方というものがあっただろうに。

「まず、我が国は今後竜大陸、エルディアとの国交を結び――」

「ああ、そんなことはどうでもいい」

ソフィアさんの言葉をアレクシスさんは遮った。

なんだろう。どうにも、先ほどからアレクシスさんの態度がおかしい。

「私が求めるのは、別のものだ。さっさと済ませよう」

「……何をですか？」

「当初の約束通り、覇王の残滓……すなわち、貴殿の身柄を寄こせ。そして、この国に眠る最大の秘密を渡すことだ。お分かりだろう？　あれは貴国には過ぎた玩具なのだからな」

「え……？」

ソフィアさんが覇王の残滓……？　彼は何を言っているんだ？

「待ってください、アレクシスさん。今の発言はどういうことですか？　ソフィアさんが覇王の残滓だと？」

「ほう？　ソフィア殿はレヴィンくんたちに秘密を話していなかったのか？　やれやれ、なんとも不義理なことだ」

アレクシスさんがソフィアさんを糾弾する。俺たちもつられて、彼女に視線を向ける。

「そ、それは……これからお話ししようと……」

「貴殿は、ライルやレヴィンくんたちを死地に追いやっておきながら、これほど重大な情報を隠していたのだ。そのことについて、なんとも思わんのかね？」

「そ、それは……」

アレクシスさんの言葉に、ソフィアさんが口を噤む。

「お互いの素性や思いを明かしてこそ、真の仲間というものだ。それを貴殿は……覇王由来の力でライルの過去を盗み見て、知った風な口を利いたそうだな。なんとも浅ましいな、予言の神子よ」

ソフィアさんは俯いたまま、目に涙を溜める。痛いところを突かれたようだ。

「まったく、ライルも随分とつまらぬ女に目を付けられ――」

「お待ちください、猊下」

アレクシスさんを止めたのは、ライルさんであった。

「ソフィアさんには彼女なりに葛藤があったのでしょう。なにせ、事は覇王の残滓に関わります。そう簡単に打ち明けられるものではないかと」

「ほう。祓魔騎士でありながら、覇王に近しい者をかばい立てするか」

「そうです。私はソフィアさんに救われました。彼女は確かに秘密主義者です。ですが、他者に対する思いやりは本物です。覇王の残滓に関しても、悪意を持って隠していたわけではないでしょう」

「ライルさん……」

ライルさんが積極的に発言する。ソフィアさんとの初対面の様子からは、考えられなかった光景だ。

「俺も同感です。さすがに少しびっくりしましたけど……彼女が覇王の残滓であることを黙っていたとしても、特に気にはなりません」

「レヴィンさんまで……」

もともと、ソフィアさんは魔族の侵略を防ぐことと引き換えに、イースにある覇王の残滓を差し出すと言っていた。自分の命と引き換えにこの国を守ろうとしていたのだ。その気持ちを疑うつもりはない。

仲間たちも、俺の意見に異論はないようだ。

ソフィアさんの頼みで魔族と戦ってきたけど、俺たちは彼女が、イースのために必死になっていたことを知っている。今さら、隠し事があると知った程度で信頼は揺るがない。

「みなさん、ありがとうございます……」

ソフィアさんが感謝を口にするが、アレクシスさんはどこかつまらなそうな表情だ。

ライルさんがある疑問を口にする。

「猊下。それよりも、どうしてあなたがソフィアさんの正体を知っているのですか。どうやら、この国の秘密さえもご存知のようですが……」

ライルさんの表情が険しくなる。

アレクシスさんが言う、この国に眠る最大の秘密とは、覇王の転生体のことだろう。

今の口ぶりからすると、ライルさんが報告したわけではないようだ。

「どうして……か。決まっておろう。この私が、此度の決死隊——魔族どもの総司令官だからだ」

そう言って不敵な笑みを浮かべ、アレクシスさんは姿を消した。

「え……？」

次の瞬間、アレクシスさんは困惑するソフィアさんの目の前に現れた。

そして手刀をその胸元目掛けて突き出す。

「やらせん！」

しかしそれは、間一髪のところでジークさんの刀で防がれた。

「ほう、素晴らしい。さすがはかつて覇王を滅ぼした英雄の一人だ」

「褒められるほどのことではない。それよりも貴様、何者だ？　ただの人間ではないな？」

「フッフッフ……ただの人間……なるほど。大英雄の目を欺けたのであれば、長きにわたって人間社会に溶け込んだ甲斐もあるというもの」

アレクシスさんは愉快そうに笑う。

その物言い。そして魔族の総司令官という言葉……

彼は魔族だ！

「さて、予定ではあっさりとその女を始末するつもりだったのだがな。英雄が相手であれば仕方がない。こちらも万全を期すとしよう」

直後、アレクシスさん——アレクシスが禍々しい闘気を放出する。

その凄まじさたるや、同じ空間にいるだけで心臓が押し潰されそうになるほどだ。

「なんだこの感覚……知ってる。知ってるぞ!?」

この吐き気がするような感覚、間違いない。

セキレイで覇王の残滓と対峙した時に感じたものだ。

いや、あの時よりもさらに恐ろしさを覚える。

「虚無の王の気……なるほど。貴様、覇王の残滓をその身に取り込んでいるな？」

「ああ、三つほどな。それでも、貴殿を相手にするには不足かな？」

「三つだって？」

セキレイでは、たった一つの残滓を相手にするだけでも苦労した。まさか、それが三つもあるなんて。

「数など関係なかろう。貴様が覇王を信奉する一味であるならば、倒すのみだ」

残滓を取り込んだアレクシスを相手に怯むことなく、ジークさんは果敢に挑む。

地面を蹴った彼は刀を振るい、アレクシスの首を狙った。

しかし、その刃が彼の首を刎(は)ねようとした瞬間……彼の刀がピタリと止まる。

「な……なぜお前たちが……」

アレクシスの前に、見知った兄妹――黒星と白星が現れ、障壁を張ったのだ。

その姿を見て、ジークさんは激しく動揺する。

無理もない。今、ジークさんの前に立っているのは、彼の実の子たちだ。

つい数ケ月前、二人は俺たちと一緒に、セキレイの覇王の残滓と戦った。今さら魔族に与(くみ)するはずがない。

行方知れずと聞いていたが……実の父であるジークさんに刃を向けているのはなぜなんだ？

「アレクシス様をやらせるわけにはいきません」

「十二の英雄の一人、紅月か。侮るわけにはいかない」

黒星はジークさんを……その本名と思しき紅月という名で呼んだ。

「これはなんの冗談だ!? なぜお前たちが、我を阻む！」

「フハハハハ!! なぜというのは面白いジョークだな、ジーク殿。いや、本名は紅月殿だったな」

対峙する親子を見て、アレクシスは大笑いした。

「なぜも何も、その二人は紅月殿が見捨てたのだろう？ 数百年もの間、父を捜し求める彼らは実に哀れだったぞ」

「見捨てただと……？」

紅月さんは、セキレイに残った覇王の残滓を封じるために、自ら神樹の内部に囚われた。

その結果、白星と黒星は実の父親と離れ離れになった。しかし、それは決して彼らを見捨てたからではない。

「今から何百年も前、覇王の残滓の手掛かりを求めた私は、哀れな子どもたちを拾った。初代鬼王と初代星王、二人の偉大な英雄の血を引く双子の存在は、実に興味深かった。そこで、私が彼らを育てることとしたのだ。希少な肉体を持つ彼らであれば、確実にセキレイの残滓を回収してくれるはずだと思ってな」

「待ってくれ。じゃあ、二人が記憶喪失で、なのに覇王の残滓に詳しかったのは……」

二人の行動には、ほんの少し違和感があった。

セキレイの真実だけでなく、俺たちの素性にも詳しく、それでいて自分たちの過去についてはすっかり記憶を失っている。それでも二人からはセキレイを大切に思う意思を感じたから、いつの間にか気にしなくなっていたが……

「作戦には予備知識が必要だ。君たちの情報も含めて、全て私が教えた。それでいて、私の存在は忘れるよう、暗示をかけていたのだ。確実に覇王の残滓を回収してもらうためにな」

「だが、それはおかしい。二人はあくまでも残滓を倒そうと……」

黒星たちの記憶喪失が意図して引き起こされたものだとしても、セキレイのために必死に戦っていた姿に嘘はないはずだ。

「ああ。そこが、私にとっても予想外であった。彼らは私の洗脳を振り切り、残滓を滅そうと動き出したのだ。だが、それはそれで好都合であった。何せ、セキレイの残滓は醜悪な自我に目覚め、覇王に成り代わろうとしていたからな。そのような不純物があっては、覇王の復活は難しい。だからこそ、あれには滅んでもらったのだ。自我に目覚める前の、純粋な力の塊に戻すためにな」

つまり、俺たちはこの男の望み通りに、あの残滓と戦ったのか？　黒星たちの努力は……

「これは素晴らしい機転だった。あえて双子の思惑通りに働かせた結果、君たちは互いに協力関係を結んだ。そしてついには、残滓を討ち滅ぼしてみせた。さすがの私も感動で震えたよ!!」

アレクシスが両の拳を強く握り込み、興奮した様子で叫ぶ。

「カエデくんへの愛のために、命をかけて戦った星蘭くん!!　魔導具技術の粋を集めて残滓に立ち向かったはやてくん、ゆいくん、そしてれっどらくんの妖怪たち!!　そして何より、レヴィンくんとアリアくん!!　最後の決戦で二人が命を落とした時は、私も胸が苦しくなったものだ……だが、君たちはそれを乗り越えた!!　あれほど素晴らしい見世物はなかった!!」

俺とアリア、そしてセキレイで共に戦ってくれた人々の名を挙げ、アレクシスは褒め称える。

心にもないことを……いや、おかしい。アレクシスは一筋の涙を流している。

アレクシスは本心で語っているのか……？

「ママ、この人怖い……」

エルフィが怯えているが、俺も同感だ。

これまでの話から彼が魔族であることは間違いない。白星と黒星を操って、セキレイで暗躍もしていた。だけどその一方で、彼は俺たちの戦いに心から感動してみせた。

狡猾(こうかつ)に立ち回って人間を苦しめておきながら、同時に親しみを抱くなんて……彼の在り方が理解できない。

「さて、懐かしい話はここまでとして、本題に入ろう」

ひとしきり興奮したアレクシスは、指を鳴らした。すると、背後の木の幹——神樹が爆(は)ぜる。

中に隠されていた覇王の転生体が露わになった。

「魔族の責務でね。これだけは回収しておかねばならないのだよ」

「ダメだ！」

俺たちは彼を止めようと一斉に走り出す。しかし、それは白星と黒星が張った障壁によって阻まれた。

「ここから先には行かせません」

「しばらく大人しくしているんだ」

「くそっ！」

障壁を割ろうと仲間と一緒に攻撃を加えるが、びくともしない。

その間に、アレクシスはゆっくりと転生体のもとへ向かう。

「くそっ！　どうすれば……」

このままでは転生体が奪われてしまう。

そうなれば、これからどんな悲劇が起きるか……！

「フッ。我々が千年もの間追い求めていたというのに、なんとも呆気ない幕引きだな」

俺たちは障壁を破ることもできない。今やアレクシスは、転生体に触れられるほどの距離にいる。

一体、どうしたら……!!

「おいおい、そんな簡単に事が運ぶなんて思っちゃいねえよな？」

アレクシスが転生体に手を伸ばしたその瞬間、凄まじい轟音とともに、巨大な竜の手が壁を突き破って現れた。

「え……？」

それは見覚えのある邪竜の右腕だった。

【竜化】したドレイク。彼はその大きな手で、アレクシスを握り潰さんとするかのように掴み上げた。

「お、お父さん⁉」

「あなた⁉」

スピカとアイシャさんが目の色を変える。

たとえ異形の姿となっていたとしても、彼女たちにはそれが捜していた家族だと分かったようだ。

しかし、ドレイクは二人とシリウスにチラリと視線をやっただけだった。

すぐにアレクシスを見据え、話しかける。

「……アレクシス。お前たち魔族には散々、世話になった。だから、今回は俺が邪魔をさせてもらうぞ」

「素晴らしい……」

窮地に陥ったというのに、アレクシスはこの状況を楽しんでいるようだった。

「あ？　何が素晴らしいんだ？　おかしなやつめ」

「いやいや、何もおかしいことはない。なにせ我らを憎むあまり、道を外れた貴殿が、このようなタイミングで現れたのだ。私もこのような展開は予測していなかったぞ‼」

「気色の悪いことを……まあいい。状況はこっちが有利。このまま握り潰させてもらうぞ」

「フッ、【竜化】に目覚めた程度で図に乗るな。すぐにこの戒めを解いて……ムッ⁉」

ドレイクの手から逃れようともがき、アレクシスの顔色が変わる。

どうやら、抜け出せないようだ。

「なんて言ったか……覇王の残滓だったか？　貴様らはあれを回収して回っていたそうだが、俺が見過ごすとでも思ったのか？」

「貴様……まさか⁉」

これまで余裕を見せていたアレクシスの顔に焦りが表れる。

「待ってくれ、父さん。もしかして、父さんも覇王の残滓を取り込んだのかい⁉」

シリウスはドレイクの秘密に気付いたようだ。

彼は覇王の残滓をなんらかの経緯で奪取し、その身に取り込んだのだ。

「よもや、それほどの狂気に支配されているとはな……」

「こっちは、お前たちを滅ぼすことしか頭にねえんだ。大人しくくたばりな」

ドレイクがアレクシスを握る手にさらに力を込める。

「ぬ、ぬう……やはり、この私でも振りほどけん。ならばこれはどうだ……？」

アレクシスが笑みを浮かべると、俺たちの頭上に、真っ黒な球体が発生した。

「うっ、な、なんだこれ？」

球体があらゆるものを吸い込み始める。凄まじい吸引力だ。

「星の終末に訪れる現象を参考に、私が考案した転移術だ。この黒球はどのような物質でも呑み込み、光さえ逃さない。これで、我が魔族の居城へと案内しよう」

どんなに踏ん張っても、身体が言うことを聞かない。

このままでは俺たちは全員、強制的に転移させられる……！

「ま、まずいので……折角、お父さんに会えたのに……」

「なんとか姉さんと母さんだけでも逃げ……ダメだ。力が――」

「もう！　どうして変身ができないの……!?　神竜になれれば、こんなもの……！」

アレクシスの生成した黒球に最も近かったスピカとシリウス、アイシャさんがぐんぐんと引き寄せられていた。

今はなんとか踏みとどまっているが、あれに吸い込まれるのは時間の問題だろう。

「スピカ！　シリウス！　アイシャ!!」

これまで家族の方を見向きもしなかったドレイクが振り向き、鋭く叫んだ。

そして……観念したようにやつはアレクシスを見る。

「チッ……分かった。どうやらお前の方が上手のようだな」

「分かってくれたかい？　では、まず私を解放したまえ……そうすれば貴殿の家族は助けて――」

「ああ。だから、仕方ねえ。今回はお前を道連れにするってところで我慢してやるよ」

「な、何!?　うおっ!?」

アレクシスの要求に応じるかに思われたドレイクは、黒球に向かってゆっくりと歩き出した。

その手には、依然としてアレクシスが握られている。

ドレイクがチラリと俺を見た。

「レヴィン、お前には礼を言っておくぞ。どうやら、俺の家族が世話になったようだ」

「な、何を言ってるんだ？」

あのドレイクが、俺に礼を言うだと？　何かの冗談だろうか。

「その代わりというわけじゃないが……この場は俺がなんとかしてやる」

「ええい、離せ!!」

ドレイクの行動が予想外だったのか、アレクシスは焦った表情でもがき続ける。

しかし、ドレイクの力には敵わない。

「ええい。黒星、白星、なんとかするのだ！」

「「かしこまりま――」」

「させん！」

アレクシスは黒星たちに助けを求めたが、加勢しようとする二人に紅月さんが飛びかかった。

「くっ、何を……セクハラだよ！」

「気安く僕たちに触れるんじゃない……！」

白星と黒星は払いのけようとしたが、紅月さんは離さなかった。三人はもみくちゃになっており、アレクシスの救援に向かえない。

「クク……あちらはあちらで、親子水入らずのようだぞ。ムサいおっさん同士で寂しい限りだが、こっちもせいぜい仲良くやろうぜ」

そう言うと、ドレイクは右手で掴んだアレクシスを黒球に向かってゆっくりと持ち上げる。

「ぬ、ぬおおおおおおおお!!」

凄まじい吸引力を前に、アレクシスの衣服がはためき、髪が逆立つ。

「よ、よもや、こんな選択をするとは……な。だが、これもまた、一興か……」

アレクシスはようやく観念したようだ。

もしかして……彼は、予想外のこの事態を楽しんでいるのかもしれない。

こちらを見下ろし、アレクシスがライルさんに呼びかける。

「ではここは悪党らしく、最後に一つだけ言い残そう。ライルよ！　十年前、お前の故郷を襲い、村人を皆殺しにしたのは、この私だ!!」

「なっ!?」

ライルさんが言葉を失う。

それは、彼にとって衝撃的な告白であった。

「お前の記憶をいじって、不可視の術を持った魔族が仇だと誤認させたが、まさかすんでのところで、復讐を断念するとはな。ゆえに、ここでネタバラシだ。私の裏切りを知り、お前がどうするのか楽しみに――」

「うるさい。とっとと消えろ！」

「ぐおおおおお！！！！！」

最後まで言い終わる前に、ドレイクは黒球にアレクシスを押し込んだ。アレクシスが見えなくなる。

同時に、ドレイクの腕はそのほとんどが黒球に呑み込まれた。

「ドレイク！　そのままじっとしてろよ！　今助ける！」

ドレイクの身体が盾となっているおかげで、俺は今、黒球に吸い寄せられていない。

術者であるアレクシスが消えてしまったが、どうしたらあいつを助けられる……？

しかし、俺の言葉は他ならぬドレイク本人によって拒否される。

「何を馬鹿なこと言ってやがる、《聖獣使い（ホーリーテイマー）》。そんな義理、お前にないだろうが……！」

「欠片もないが、お前はスピカたちの家族だ。それが、こんな形で離れ離れになるなんて……間違ってる！」

「へっ、そうかよ。だが、まあ……諦めろ。邪竜の力を手に入れた俺でも、踏ん張るには限界がある。助けようと近づかれて、お前が巻き込まれても面倒だ」

「だが……」

「いい加減聞き分けろ……こんなことを言えた義理じゃないが、俺の家族を頼むぞ」

そう言い残し、ドレイクは黒球に呑まれてしまった。

その光景を見て、スピカたち家族が黒球に駆け寄ろうとする。

「お父さん!!」

「父さん!!」

スピカとシリウスの声が虚（むな）しく響いた。

黒球はドレイクを呑み込むと、跡形もなく消えてしまった。

どこかに転移したのか、それとも……

「そんな……折角、あの人に会えたのに」

アイシャさんがスピカとシリウスを抱き寄せ、唇を噛む。

離れ離れになった家族が折角再会したのに、その時間はあまりにも短かった。

「……まさか、こんなことになるなんてな」

俺は周りを見回す。

ニブルパレスの一部は崩落してしまったが、仲間はみんな無事だ。

ソフィアさんも覇王の転生体も、アレクシスの手に渡ることは防げた。

それに、白星と黒星もなんとか保護できた。見れば二人は気絶しているようだ。

……まったくの予想外だが、俺たちはドレイクに救われたのだろう。

「ママ、あの人……」

エルフィが複雑そうな表情を浮かべる。

かつて敵対した人物——ドレイクの生存が明らかになった。だけど、今回のやつの行動は、俺たちを守るためのものだった。それに戸惑っているのだ。

俺も同じ気持ちだった。

「あいつはたしかに俺たちの敵だった。だけど、人にはいろんな側面があるんだ」

「うん。私、できればあの人も助けたい。スピカの家族なんでしょ？」

「そうだな……」

ドレイクの所業を考えれば、彼を助けてやる必要なんてないのかもしれない。

だけど……外道(げどう)に落ちてまで救おうとしたスピカたち家族と、もう一度くらい話をする機会があってもいいはずだ。

思いを馳せていると、ソフィアさんがライルさんのもとへ歩み寄った。

俺も近づいて声をかける。

「ライルさん、大丈夫ですか？」

部屋の真ん中で膝を突き、ライルさんは頭を押さえていた。

いろいろなことが立て続けに起きて、心の整理がついていないといった様子だ。

「すみません、レヴィンさん。まさかこのようなことに巻き込んでしまうなんて。まさか、アレクシス猊下が我が国の内通者だったとは……」

アレクシスは、故郷を失ったライルさんにとっては父親のような存在だったらしい。それがこんなことになるなんて、衝撃も大きいだろう。

「……考えるのは、あとにします。それよりも、事の顛末を聖教議会に報告しなければ」

ソフィアさんに支えられながら、ライルさんがゆっくりと立ち上がる。

ショックは拭えないはずだ。それでも、今のライルさんは前を見据えていた。

「魔族にとっても今回の出来事は計画外のことでしょう。その目的が覇王の復活なのであれば——」

一度言葉を区切り、ライルさんが覇王の転生体に視線を向ける。

「人類が団結しなければならない時が、近づいているのでしょうね」

琥珀の中に封印された覇王の転生体は、こんこんと眠り続けている。

ライルさんの言葉は、大陸を巻き込むであろう騒乱を予期するかのようだった。

理不尽にもギルドを追い出されてしまった冒険者ブライ。かつてのパーティメンバーにも見捨てられ、傷心の最中、ブライは毎日様々な特典が届く【ログインボーナス】という謎のスキルに目覚める。『初回特典』が辺境の村にあると知らされ、半信半疑で向かった先には、一夜にして現れたという城が待っていて——!?

1~3巻好評発売中!!

●各定価:1320円(10%税込)
●Illustration:なかむら(1巻)えめらね(2巻~)

●定価:748円(10%税込)
●漫画:わさ　●B6判